REY LEAR

XIV Premio Francisco García Pavón de Narrativa

Un Jurado presidido por María Teresa Novillo Moreno y compuesto por Sonia García Soubriet, David G. Panadero, Javier Azpeitia Muñoz y Jesús Egido Salazar, con Victoria Bolós Montero como secretaria, concedió por mayoría a *Asesinato en el Kremlin*, de Alejandro M. Gallo, presentada con el título provisional de *¿Quién te mató Tovarich Kirov?*, el *XIV Premio Francisco García Pavón de Narrativa* convocado por el Ayuntamiento de Tomelloso.

REY LEAR [42]

Asesinato en el Kremlin

PRIMERA EDICIÓN EN REY LEAR, OCTUBRE DE 2011

Edita: REY LEAR, S.L.
www.reylear.es

Alberto Alcocer, 46 – 3º B
28016 Madrid

Este libro ha sido publicado con la colaboración
de la Fundación Caja Castilla La Mancha

ISBN: 978-84-92403-83-7
Depósito Legal: P-197/11

Diseño y edición técnica: Jesús Egido
Corrección de pruebas: Pepa Rebollo
Producción: REY LEAR

Impreso en la Unión Europea
Printed in E.U.

Asesinato en el Kremlin

Alejandro M. Gallo

Índice

A don Francisco García Pérez.
El amigo y maestro que me enseñó a amar la literatura.

—Y usted, ¿por qué se ha hecho revolucionario?
—Por decoro, señora marquesa, por decoro.

Ramón María del Valle-Inclán
La corte de los milagros

Personajes principales
(por orden alfabético)

Borisov: guardaespaldas de Kirov.
Drijanov: comisario de la Policía Política en Leningrado.
Fischer, Dora: periodista norteamericana del diario *The Nation.*
Ilich: subteniente de la Milicia y secretario de Litonev.

Kámenev: jefe del Soviet de Moscú y segundo en el gobierno de Lenin.

Kirov: dirigente del Partido Comunista en Leningrado, víctima del atentado.
Markus: jefe de los detectives de la Milicia.
Mijalik: detective de la Milicia.
Nadezhda: esposa de Igor Litonev.
Nikolayev: soldado de la Milicia.
Lermolo, Elizabeth: amiga de Nikolayev.
Litonev, Igor: comandante de la Milicia en Leningrado y protagonista de esta novela.

Stalin: Secretario General del Partido Comunista de la Unión Soviética.

Lev Trotsky: Comisario de Asuntos Exteriores, Comisario de Guerra y jefe del Ejército Rojo. Fue desterrado de la Unión Soviética en 1929 por Stalin.

Ulianov: jefe de la Milicia en Leningrado.
Volosov: jefe del departamento fotográfico de la Milicia.

Yagoda: jefe de la Policía Política en la Unión Soviética.
Yuriv: cuñado de Igor Litonev y trabajador en los astilleros del Neva.
Zaporozhets: subcomisario de la Policía Política en Leningrado.

Zinóviev: presidente de la III Internacional que, junto a Kámenev y Stalin, formó el triunvirato que gobernó la Unión Soviética desde la muerte de Lenin hasta 1925.

0
El magnicidio

«Han atentado contra el camarada Kirov».

Las palabras al teléfono del jefe de seguridad del antiguo Instituto Smolny, sede del Soviet de Leningrado, retumbaron en la cabeza de Igor Litonev, recién ascendido a comandante. Nada más escucharlas en el Departamento de Homicidios aquella gélida tarde de miércoles en un estrenado diciembre de 1934, impulsado por los años y la experiencia como detective —*operativnik*, como los llamaban desde la Revolución—, saltó de su despacho a un coche de la Milicia de Trabajadores y Campesinos en menos tiempo del que empleaba el sol en caldear las calles de Leningrado.

—¡Acelere! —gritó a su chófer desde el asiento trasero del auto.

—No puedo, camarada comandante. El pavimento está cubierto de hielo.

«Llegaría antes si fuese reptando», farfulló para sí Litonev, al tiempo que abría la pitillera y sacaba un Herzegovina Flor. Sus manos enguantadas necesitaron tres fósforos para encenderlo. Dio una calada y se relajó, estirando las piernas sobre el asiento y apoyando la nuca en el cristal. Cerró los ojos. «Camarada Kirov, debería incrementar su seguridad, como el camarada Stalin», le había recomendado la última vez que estuvo con él. «No necesito un ejército. Con Borisov a mi lado me basta», le había respondido. Ahora, el comandante se preguntaba dónde había estado Borisov mientras atentaban contra su protegido.

—¿Le espero?

Las palabras del conductor le devolvieron al presente.

Se ajustó la *ushanka* en la cabeza y abrochó las orejeras por debajo de su barbilla. Echó un vistazo de reojo a los relucientes galones de comandante en sus hombreras, y colocando un nuevo pitillo en la comisura de los labios, abrió la portezuela del vehículo con la estrella roja de cinco puntas dibujada bajo la palabra *Militsiya.* Apenas asentó sus botas sobre la nieve y se irguió, cerró de un golpe la puerta. La brisa helada le asestó un vergajo en el rostro. Arrimándose a la ventanilla del conductor, le ordenó:

—No se mueva hasta que yo regrese.

Con las manos en los bolsillos del abrigo, caminó despacio por la acera nevada. Sus pasos eran cortos, no por inseguros, sino porque los zapatos le apretaban. Eran un número menor al que le correspondía, pero había que aceptarlo. «Sacrificios por la Revolución», se dijo. Llegó hasta los portones enrejados del muro que circundaba el edificio del Soviet de Leningrado, y los soldados de la Milicia se cuadraron ante él.

—¿Ha salido alguien? —les preguntó sin sacarse la colilla de los labios.

—No, camarada comandante —respondió el que portaba galones de cabo.

—¿Quién ha venido?

—Usted es el primero…

—No dejen entrar ni salir a nadie. —Arrojó la colilla en la nieve, la pisó y, con los ojos encendidos, añadió—: Seguro que vendrán agentes del NKVD. Que accedan, pero no sin enseñarles antes sus credenciales.

—A la orden, cama...

Se adentró en el patio. El jardín se veía cubierto de nieve, lo que impedía adivinar los esquejes marchitos de los arbustos. Hasta la estatua de Lenin, con la mano abierta arengando a las masas, lucía copos sobre los hombros y la gorra. En el tejado, la bandera roja se mecía con desgana.

Ascendió por la escalera de piedra —doce escalones; no necesitaba contarlos: había subido hasta la sede del Soviet cientos de veces— y traspasó las enormes puertas de metal y cristal. Por el pasillo se oía el eco de murmullos. Se quitó los guantes, encendió otro cigarro y avanzó sobre las baldosas de mármol grisáceo hacia el origen de las voces.

Una docena de personas, entre ellas soldados de la Milicia, se arremolinaban sobre algo. Al reconocerle, los guardias se separaron en dos grupos, abriendo un corredor. En el centro, distanciados entre sí un par de metros, dos charcos de sangre reciente. Uno era más oscuro que el otro. «Una de las heridas ha sido mortal», pensó. No distinguió casquillos, sólo dos rastros de gotas carmesí —posiblemente, el trayecto de la evacuación de dos cuerpos—. «¿Quién será el segundo?», se preguntó. Enfrente, la puerta de acceso a la vivienda de Kirov.

—¿Dónde está Borisov? —exigió saber el comandante.

Uno de los soldados, cuyo rostro le era desconocido, señaló al final de pasillo. Litonev distinguió entre las sombras la enorme figura del guardaespaldas, de cuclillas, con el rostro inclinado y apoyado sobre las palmas.

El jefe de seguridad de la Milicia en el Soviet, un joven sargento con un mostacho que imitaba el de Stalin, corrió al encuentro del comandante. Al alcanzarlo se cuadró, esperando las consignas.

—Aparten a los curiosos y que nadie se acerque a la sangre —ordenó Litonev.

El sargento asintió. Litonev escrutó la expresión desencajada de los presentes, dio otra calada y añadió:

—Identifiquen y tomen declaración a todos los presentes. Quiero sus manifestaciones en mi mesa cuanto antes.

Los soldados, empuñando sus fusiles, comenzaron a apartar a la gente. El sargento sacó una libreta y llamó a alguien.

Litonev avanzó hacia la oscuridad. Las paredes supuraban humedad y el olor a moho se volvía más intenso. En la penumbra, apartado, con un revólver Nagant, una navaja ensangrentada y un zurrón depositados a su lado en el suelo, Borisov se frotaba el rostro y mesaba sus cabellos mientras repetía:

—No es posible, no…

—Camarada Borisov.

Al oír su nombre, alzó los ojos ante el cuerpo nervudo y el rostro pétreo y seco de su amigo Igor Litonev, cuyas mandíbulas se dibujaban poderosas. Se levantó como un latigazo y lo abrazó.

Litonev había distinguido en las sombras los ojos llorosos del guardaespaldas, que contrastaban con su enorme corpachón de antiguo labriego ucraniano. Lo apartó con suavidad.

—Infórmame.

Borisov se limpió las lágrimas con el dorso de sus zarpas y carraspeó. El comandante sacó una libreta y una pluma del bolso interior de su abrigo, un posible deje de su anterior puesto de *operativnik*.

—Estábamos en los aposentos privados…

—¿Estábamos? ¿A quién te refieres?

—A Kirov, a Stevo Gorokova, su secretaria, y yo.

Litonev anotó los nombres y con un gesto le animó a continuar.

—Kirov preparaba el discurso ante los miembros del Partido en el congreso de la ciudad donde pretendía comunicarles el fin del racionamiento del pan. Gorokova tomaba notas y corregía. Yo preparaba el té…

Aquello no pilló de sorpresa al comandante. Sabía desde hacía tiempo que la relación entre Kirov y Borisov era de profunda amistad, más allá del simple vínculo entre escolta y cargo político, por lo que el secretario del Comité Central del Partido nunca había aceptado ni un incremento ni un relevo en su protección.

—…A las cuatro y media avisaron de que había una llamada urgente desde el Kremlin por la línea directa…

—¿Cómo estás tan seguro de la hora?

—Comprobé el reloj al colocar el té en el fogón. Tendría que esperar al regreso de Kirov.

—¿No sospechaste nada?

—Igor, nadie sospecha de una llamada desde el Kremlin. Era lo habitual.

—Prosigue.

—Oí cerrarse la puerta, lo que me indicaba que Kirov ya había llegado al pasillo. De inmediato sonó un disparo y un grito. Salí corriendo con la pistola desenfundada, pero me costó acceder al corredor. Cuando lo logré, comprobé la razón: al derrumbarse Kirov, sus piernas quedaron bloqueando las hojas de la pue…

—¿Qué te encontraste?

—Kirov presentaba un disparo en la nuca. El otro…

—¿Qué otro?

—Tumbado junto a él había un guardia cuyo rostro me resultó familiar. Al distinguir su cazadora de cuero reglamentaria, pensé que había sido la segunda víctima del atentado. Pero no le presté atención, pues mi prioridad era evacuar a Kirov hasta la clínica particular del Soviet. Cuando se presentó el doctor, alguien a mi espalda indicó que el otro sólo estaba inconsciente.

—¿De quién se trataba?

—Al parecer es Leonid Viktorovich Nikolayev, un antiguo guarda del edificio.

—Estabas en la llegada del médico.

—Sí. Ordenó llevar a Kirov hasta sus dependencias. Lo cargaron en una camilla, pero antes de acompañarles, escruté el cuerpo del guarda caído. No había rastros de sangre alrededor y, a su lado, estaba ese revólver —dijo, señalando el Nagant en el suelo.

El comandante se enfundó los guantes y recogió el arma. Abrió el tambor, sólo había un cartucho percutido.

—¿El arma utilizada?

—Posiblemente.

—Has dicho que no había rastros de sangre. Sin embargo, ahí hay dos charcos.

—A eso iba. Todo es muy extraño. El cuerpo no tenía signos de violencia y portaba este zurrón.

—¿Qué contiene?

—Una especie de diario. No lo he leído.

—¿Qué pasó luego?

—Según evacuaban a Kirov, recogí el revólver y ordené a los guardias que atendieran al inconsciente. El doctor se encerró en el quirófano con el cuerpo aún con vida de Kirov y no dejó pasar a nadie. Todavía sigue…

—¿No ha muerto?

El escolta negó con la cabeza y se llevó la mano a los ojos. Litonev esperó unos segundos y, a continuación, le instó a proseguir.

—Cuando regresaba al lugar del atentado, oí gritos y corrí. Al llegar, el cuerpo del guardia en el suelo se debatía en convulsiones con la garganta cortada.

—¿Quién...?

—Él mismo.

El gesto de extrañeza del comandante no pasó desapercibido para Borisov, que explicó:

—Los testigos me dijeron que, al recobrar el sentido, Nikolayev sacó esa navaja... —dijo, y señaló la que aparecía, ensangrentada, en el suelo— y se cortó el cuello.

—¿Dónde está ahora?

—Lo están atendiendo en...

El escolta no pudo continuar, pues el murmullo del pasillo se incrementó. Las miradas de ambos se dirigieron hacia la fuente de la confusión. Habían llegado los agentes del NKVD. Al frente del grupo, Litonev distinguió al jefe en Leningrado, el comisario Drijanov. Al comandante no le apetecía hablar con la Policía Política —nunca le apetecía—, por lo que recogió el zurrón con el diario, la navaja y el Nagant.

—Ahora te tocará explicarle todo a Drijanov —le dijo a Borisov—. Si pregunta por las pruebas, dile que me las he llevado al cuartel de la Milicia y...

Un grito al otro extremo del corredor le impidió continuar:

—¡El camarada Kirov ha muerto!

1
LO QUE NO CUADRA

El comandante Igor Litonev, nada más arribar al cuartel de la Milicia en Leningrado, entró al despacho del departamento de detectives. «Nada cambia: la estufa no se apaga ni en las Noches Blancas. Es el único departamento que no ahorra carbón», dijo para sí. Depositó el revólver Nagant, la navaja y el zurrón con el diario encima de una mesa y, ante la mirada interrogativa de los tres oficiales presentes, ordenó:

—Saquen fotos de todas las hojas del cuaderno, busquen al propietario de las armas y tráiganme la ficha personal del guardia del Soviet Leonid Viktorovich Nikolayev.

—¡Qué asco de revólver! —exclamó un detective maduro, calvo y orondo, volteando el arma—. Desde que los sustituyeron por la Tokarev como arma oficial, se encuentran hasta en las guarderías.

—Markus, no os demoréis —le exigió Litonev—. De un momento a otro hemos de entregar todo a la NKDV.

—¿A esos hijos de puta? —escupió el mismo detective y, ante el silencio del comandante, añadió—: ¿Qué tienen que ver ellos en esto?

—Son pruebas en el asesinato del camarada Kirov.

—¿Ha muerto? —preguntaron al unísono los tres detectives.

Litonev asintió. En medio del silencio y el cruce de miradas incrédulas que siguieron a sus palabras, urgió:

—Cumplan lo que les he ordenado.

El comandante dio media vuelta y se dirigió hacia su despacho. Al entrar, no se desprendió del abrigo, sólo de la *ushanka.* Como la calefacción llevaba apagada desde las dos de la tarde, el habitáculo estaba helado. Cuatro horas sin lumbre era tiempo suficiente para que se congelase hasta la tinta de las plumas.

—Camarada Ilich —llamó.

Al instante se asomó por la puerta un subteniente desharrapado, con el rostro marcado por la viruela y arrugas tan pronunciadas como los surcos en la tierra plantada de remolacha.

—Ilich, que me enciendan la estufa. Presiento una noche larga.

—Mi comandante —dijo el subteniente—, está aquí la periodista norteamericana.

—¿Dora Fischer?

El otro asintió.

—Quiere hablar con usted.

—Que pase.

Litonev sacó el paquete de Herzegovina Flor, para comprobar que lo tenía vacío. Lo arrugó y lo arrojó a la papelera. Después abrió el cajón superior de la mesa del despacho y encontró uno de Zolotoe Runo. No era su tabaco preferido, pero habría de conformarse. Encendió uno. Dos caladas después, la puerta se abrió y la periodista avanzó con las mejillas más sonrosadas que de costumbre, el pelo rizado bastante revuelto, una amplia sonrisa y la mano extendida hacia él.

—Gracias por recibirme —dijo, mientras se sentaba.

—No tengo mucho tiempo.

—No te lo robaré... Vaya, ¿ahora fumas Zolotoe?

El comandante se encogió de hombros.

—Si aceptas un obsequio… —dijo la norteamericana, arrojando una cajetilla de Lucky Strike encima de la mesa.

—Tabaco de capitalistas —murmuró el comandante, pero cogió el paquete color oliva con franjas amarillas y le dio la vuelta para observarlo con detenimiento.

—Te equivocas, camarada. Es el tabaco del proletariado estadounidense. Cuando la fiebre del oro, los buscadores gritaban su nombre al descubrir alguna pepita. Toparse con una era un verdadero golpe de suerte.

—Perdona que no te crea —aseguró el comandante con una sonrisa, guardando su propia cajetilla en el cajón.

Dio la última calada al Zolotoe y aplastó la colilla en el cenicero de porcelana Gzhel, requisado a algún aristócrata del sureste de Moscú. A continuación, añadió:

—¿Qué se te ofrece?

—Dame algo del atentado a Kirov.

—No puedo, Fischer. La investigación le corresponde al NKVD.

—El perro del subjefe Zaporozhets nos remitirá a los comunicados oficiales, y a los corresponsales extranjeros nos enviará a la mierda.

—Lo siento, pero la Milicia es mera observadora en este asunto.

—No me jodas, camarada. Soy perra vieja. Llevo diez años cubriendo las noticias de la URSS para *The Nation.* Sé que hay un guardia de la Milicia implicado y, si no me equivoco, eso hace que sea un caso también vuestro.

—No sé de qué me hablas —comentó distraído el comandante, al tiempo que abría el Lucky Strike y sacaba un cigarro.

—¿Cómo se llama?

—¿Quién?

—El guardia.

—No sé a qué te refieres.

—Como quieras. ¿Crees que…?

Unas palabras a su espalda la interrumpieron.

—Con su permiso…

El subteniente Ilich había vuelto a asomar la cabeza. Esta vez, acompañado de un guardia que portaba cuatro trozos de madera seca.

—Adelante, subteniente.

El guardia introdujo los troncos en la estufa, acomodó entre ellos varias hojas del *Pravda* y les prendió fuego.

—¿Eso no será contrarrevolucionario? —preguntó Dora con sorna.

Nadie le respondió. El guardia, indiferente, removió algo en el interior del calefactor y, a continuación, con saludo marcial, se despidió.

—Deberías marcharte y esperar el comunicado oficial del Partido —dijo Litonev.

—«Comunicado oficial…». No me hagas reír. Prefiero lo que se dice por las alcantarillas.

—Ilústrame —pidió el comandante, inclinándose hacia atrás en el sillón y sumando una sonrisa.

—Se habla de la debilidad de Kirov por las bailarinas del Ballet de Leningrado…

—Y una lo estranguló con el liguero —completó él, ampliando la sonrisa.

—Tal vez un novio celoso.

—No me digas que ésa es la sensacional crónica que vas a enviar a tu periódico.

—No, a no ser que demuestre que la novia de tu guardia bailaba allí.

Litonev frunció el ceño y dio un toque al cigarro sobre el cenicero. Apenas cayó ceniza. Dora Fischer volvió a la carga.

—Dame algo o me lo tendré que inventar.

—No lo harás —aseguró el comandante—. En el mundo occidental se dice que eres la portavoz del Kremlin.

—Eso lo ha difundido Trotsky por Occidente para desprestigiar mis noticias sobre los logros de Stalin.

—Pues espera al comunicado del Comisariado del Pueblo para Asuntos Internos.

—¿De Yagoda? No me jodas, camarada. Si entre las mujeres, el vodka y los naipes, ya no sabe ni quién es.

—El informe del guardi…

Era el detective calvo y orondo que entraba en ese momento, pero se interrumpió al distinguir la presencia de la periodista.

—Pase, Markus —ordenó el comandante.

El detective depositó el cartapacio cerrado encima de la mesa. El logo de la Milicia al revés era lo único que podía distinguir la reportera.

—¿Qué hay de lo otro? —preguntó Litonev.

—Lo otro… —balbuceó el detective y miró de reojo a Dora Fischer—. En media hora.

El comandante asintió y Markus abandonó el despacho cerrando la puerta con suavidad.

Litonev abrió la carpeta. Se distinguía perfectamente el nombre de Leonid Viktorovich Nikolayev, una fecha —«1905»— y un lugar —«Vyborg»—. Y era imposible que la periodista no conociera ese barrio en la zona industrial de Leningrado.

—Te dejo, comandante. Tú tienes trabajo y yo también —dijo la norteamericana de inmediato, irguiéndose y tendiéndole la mano.

Luego acercó la boca casi hasta el oído de él para añadir, en un susurro:

—Te debo una.

—Siento no haberte sido de mucha ayuda —se excusó Litonev en voz bien alta.

La estufa había caldeado el despacho, por lo que el comandante se despojó del abrigo reglamentario y lo colgó en el perchero, detrás de la puerta. Recogió la carpeta, arrimó la espalda al tubo de la chimenea y comenzó a leer la ficha de su subordinado.

> ...En 1919, con catorce años, se enrola en el Ejército Rojo... En 1920 le admiten como miembro del Partido y le asignan un trabajo en la Checa... En 1923 se traslada a la aldea de Pudozh y conoce a Milda Drauleh, mayor que él y católica, con la que se casa... Sufre de celos enfermizos que le provocan ataques de furia, a raíz de los cuales suele pegarle palizas de considerable gravedad...

«Cabrona de Fischer. Seguro que de esto sabía algo», pensó el comandante y pasó la hoja.

> ...En 1929 lo destinan como jefe del campo de los presos condenados a trabajos forzados en Murmansk...

Nikolayev parecía demasiado joven para ese puesto. Era como si los dirigentes del Partido en Pudozh hubiesen querido desembarazarse de él.

> ...A principios de 1934 es relevado de su cargo por incumplimiento de los objetivos... Su salud es endeble y pierde el control con facilidad... El Partido ordena que se le integre en la Milicia del Soviet de Leningrado, en un puesto de mínima responsabilidad...

El comandante arrojó con desprecio el informe encima de la mesa.

—Detective jefe Markus —llamó de nuevo.

La figura oronda acudió de inmediato. Sudaba. «Si apagarais la estufa...», murmuró para sí Litonev y, seguidamente, le preguntó:

—¿En qué lugar se había destinado a este tipo?

—Era el encargado de solicitar los carnets del Partido a los asistentes a los congresos.

—Ya. ¿El revólver era suyo?

—No.

—¿De quién es, entonces?

—Su número de registro está en una relación de armas propiedad del NKDV.

—¿Robada?

—Si fue así, nunca denunciaron el robo.

—¿Qué me dice de los cartuchos?

—Son los comunes del 7,62 x 38 R. Desde la guerra, no hay hogar en Leningrado que no tenga «Cartuchos Tipo R».

—¿Cómo llevan lo demás?

—Han sacado las fotografías al diario y las tendrán reveladas en un momento. No son muchas.

—¿Desde cuándo empezó a escribirlo?

—La primera anotación es de febrero de 1934.

Lo había iniciado al ser destituido de Murmansk. El comandante se frotó la barbilla.

—¿Qué me dice de la navaja?

—Nada en especial. No hay soviético que no porte una como ésa.

—De un momento a otro, la NKDV nos obligará a entregarle todo. Preparen una bolsa con el zurrón, el diario, el Nagant y la navaja. Y le colocan una anotación bien visible que diga: «Competencia exclusiva del NKDV».

—¿De las fotos…?

—Ni una palabra.

El veterano detective entornó los ojos en señal de conformidad. De repente, el desastrado Ilich abrió la puerta y anunció:

—Camarada comandante, el sargento de la guardia del Soviet quiere verle. Dice que trae su encargo.

—Que pase. Y usted —se giró hacia el veterano investigador—, envíe dos detectives al Ballet de Leningrado —y ante el gesto de extrañeza del otro, el comandante explicó—: Que interroguen a todas las bailarinas.

—¿Qué han de buscar?

—Amoríos del camarada Kirov y novios celosos.

—Entendido.

—Ah, Markus, que averigüen si… —Recogió la ficha de Nikolayev, buscó en ella y añadió—: Me interesa también saber si su esposa, una tal Milda Drauleh, trabajó alguna vez allí.

Dicho esto, un gesto de Litonev indicó a Markus que debía abandonar el despacho para cumplir su orden y dejar todo dispuesto ante la inminente visita de la Policía Política.

—Con su permi… —La voz provenía del joven sargento con bigote copiado a Stalin.

—Adelante, sargento.

—Las declaraciones de los presentes en el edificio —dijo, al tiempo que le tendía un sobre.

—¿Cuántos?

—Treinta y ocho.

—Se ha dado prisa.

—La mayoría no vio nada.

El comandante abrió el sobre y sacó los folios. Estaban escritos a máquina.

—¿Hay copia?

—El reglamento obliga a escribirlas sobre papel carbón.

—Bien, guárdelas junto al papel de calco en la caja fuerte del Soviet hasta nuevo aviso.

El otro asintió.

—Camarada comandante…

Era Ilich, que entraba una vez más, algo sofocado.

—¿Qué ocurre? —preguntó Litonev.

—Es el jefe Drijanov, con cuatro miembros de la Policía Política. Está a las puertas del edificio y exige verle.

Litonev se volvió al sargento.

—Regrese al Soviet —le ordenó—. Indague desde dónde se realizó la llamada al camarada Kirov a las cuatro y media de la tarde.

El de bigote asintió, dio un taconazo y se giró para abandonar el despacho, cuando las palabras de Litonev le detuvieron:

—Salga por la puerta trasera, que no le vean los agentes del NKDV.

—¿Qué hago con ellos? —insistió, por su parte, Ilich.

—Que pasen.

2
UN PISTOLERO SOLITARIO

«TAL VEZ SÓLO EL GUARDIA Leonid Viktorovich Nikolayev disponga de las claves de este atentado, pero no termino de...», reflexionaba el comandante Igor Litonev mientras esperaba la irrupción del jefe de la NKDV en el cuartel de la Milicia. «Borisov lo vio tumbado en el suelo con el uniforme reglamentario y sin un solo signo de violencia. El asesino pudo golpearlo por detrás antes de disparar contra Kirov. Pero luego... aparece con la garganta cortada. ¿Vio algo y el verdadero terrorista quiso eliminarlo? ¿Intentó suicidarse por arrepentimiento? ¿Asesinato? ¿Suicidio?».

—El comisario jefe Drijanov —anunció el subteniente Ilich, abriendo la puerta.

Litonev se irguió. Resultaba significativo que viniera Drijanov en persona. Kirov era su compadre, y seguramente querría llevar él la investigación sin delegársela a ningún subordinado. Ya corroboraría más adelante esa deducción, se dijo entonces.

La chaparra figura del jefe del NKDV en Leningrado penetró en el despacho con la mirada fija en los ojos del oficial de la Milicia. Después de los saludos de rigor, aceptó la invitación de tomar asiento. Los agentes que lo acompañaban permanecieron de pie.

—Me resulta raro verle por aquí —comentó el comandante—. Lo normal es que venga el subjefe.

—Zaporozhets está en Moscú. En cuanto se ha enterado, ha cogido un vuelo y viene hacia aquí junto a Yagoda.

Igor Litonev abrió el primer cajón de su escritorio con la intención de sacar un cigarro. Al distinguir el borde de los Lucky Strike, empujó disimuladamente la cajetilla hacia el fondo. El comisario no debería verla o sabría que Dora Fischer le había visitado. Cogió el paquete de Zolotoe Runo y se lo extendió a Drijanov. Éste negó con la cabeza.

—Lo que sí le acepto es un trago de vodka.

—Lo siento, camarada comisario. Lo he prohibido en las dependencias de la Milicia —dijo, y encendió su pitillo.

—Entiendo.

—Supongo que vendrá por...

—El libro.

—¿Qué libro? —preguntó extrañado el comandante.

—*Una carta a mis hijos*, creo que se titula.

—No lo tenemos...

—¿Qué está diciendo? —exclamó Drijanov, poniéndose de pie con los ojos encendidos.

—No había ningún libro entre...

—Esto no va a gustar nada a Yagoda ni a Stalin —afirmó.

Sin contestarle, el comandante alcanzó la puerta en un par de zancadas. Abriéndola, gritó:

—Subteniente, que Markus le entregue un paquete apartado para el NKDV.

El comisario sonrió, con gesto sarcástico.

—¿Nos esperaba? —preguntó.

—Al estar implicado uno de mis guardias, recogí personalmente las pruebas, pero en cuanto me enteré del fallecimiento del camarada Kirov ordené que se apartase todo para ustedes, ya que el caso no ofrece dudas y es de su total jurisdicción. No obstante, le aseguro que no había ningún libro entre las pruebas.

Tras la explicación, el comandante se sentó, dio una calada, apoyó los codos sobre la mesa y juntó las manos, cerrando el puño izquierdo y dándole suaves palmaditas con la que sostenía el cigarro. El comisario, por su parte, permaneció en silencio atusándose la perilla y paseando impaciente unos instantes como un perro de caza. A continuación se quitó la *ushanka*, se frotó la cabeza afeitada y dijo:

—Mucho calor tienen aquí.

Litonev no respondió. Se limitó a dar otra calada y a inclinarse hacia atrás en el sillón. Entonces, se abrió la puerta y el subteniente se adentró en el despacho con una bolsa de papel, que colocó al lado del comandante, pero con el letrero «Competencia exclusiva del NKDV» a la vista de Drijanov.

El comandante la abrió. El revólver, seis cartuchos, un casquillo, la navaja, el zurrón y el diario. Estaba todo. Empujó el paquete hacia el comisario Drijanov.

—Es lo que me traje del Smolny. Como puede comprobar, no hay ningún libro.

Drijanov se acercó a la mesa y escrutó el interior del envoltorio. Sonrió. Introdujo la mano y sacó el diario. Apartó la portada, pasó una hoja y su sonrisa se amplió. De inmediato lo giró para enseñárselo a Litonev.

—Ese desgraciado llamaba libro a esto.

La leyenda «Una carta a mis hijos» aparecía escrita con letra cuidada.

—¿Está ya consciente?

Tras formular la pregunta, el comandante presintió un estremecimiento en el comisario.

—No…, pero vivirá.

Dicho esto, Drijanov se irguió agarrando con fuerza la bolsa y se despidió con un lacónico:

—Gracias por su ayuda. Yagoda y Stalin serán informados de ello.

Desde la puerta abierta, Igor Litonev le observó caminar por el pasillo escoltado por sus agentes, cuando le asaltó una idea: «Llamar "libro" a esos apuntes es algo que sólo podría hacer su autor. Y si sigue inconsciente, o mucho me equivoco o Drijanov o alguno de sus agentes mantuvo contactos con él antes del día de hoy».

Miró el reloj: las ocho y diez.

—Camarada Ilich —llamó.

El rostro ojeroso del subteniente, que apenas pudo contener un bostezo, se asomó de inmediato.

—¿Cansado? —preguntó Litonev.

El otro asintió.

—Póngame con mi mujer. Luego le dice a Markus que se dé prisa con las fotos y usted puede irse a tomar un vodka a su casa.

—Gracias, camarada comandante. Le prometo que mañana contará conmigo las veinticuatro horas, si fuera necesario.

—Obedezca, y salude a su mujer de mi parte.

En espera de la comunicación con su esposa, Litonev se sentó y rebuscó el paquete de Lucky Strike que había deslizado al fondo del cajón. Encendió un cigarro y dio una calada lenta. Luego abrió el sobre que le había llevado el sargento con las declaraciones de los presentes en el Soviet durante el atentado. Se calzó unas gafas, arrimó el flexo y comenzó a leer.

> …Cuando oí el disparo salí corriendo y vi dos cuerpos en el suelo rodeados de soldados… No me acerqué, la sangre me…

Leyó el resto en diagonal y comprobó los datos del declarante, un funcionario. El comandante apartó aquella manifestación y cogió otra, también de un funcionario.

...No vi nada...

Otro. Y otro más.

Igor Litonev había leído ocho testimonios y ninguna aclaraba gran cosa. «Mucho está tardando Ilich en que le den línea con mi casa. La centralita debe de echar hu...». De repente, la colilla le quemó y la arrojó al cenicero. «Una futura ampolla», se dijo al contemplar la junta entre los dedos.

Como en respuesta, el teléfono de su despacho comenzó a sonar.

—¿Nadia?

—Nada más oír la radio, sabía que me ibas a llamar.

—Comprenderás que...

—Lo entiendo, Igor. Le doy de mamar al niño y nos vamos a dormir.

—Dale un beso a Iván. Prometo no hacer ruido cuando llegue.

—No. Despiértame. Quiero que me cuentes.

—El caso lo lleva la NKDV, así que poco podré decirte.

—¿Es verdad que el atentado se produjo a las cuatro y media?

—Sí —afirmó el comandante algo desconcertado, y añadió—: ¿Por qué me lo preguntas?

—Me llamó la atención la hora porque es la misma en la que Hitler cogió un avión a Munich y desencadenó la matanza de sus opositores.

—No es lo mismo. —Igor soltó una carcajada—. Además, Hitler viajó a las cuatro y media de la mañana y esto ha ocurrido de tarde.

—Ya lo sé. Fue una mera asociación de ideas.

Se despidieron, y el comandante miró la hora: eran las diez menos veinte. Decidió regresar a los testimonios. Buscó los de los soldados.

> ...Desde mi puesto, a través de las cristaleras, vi a Nikolayev alzar el revólver y disparar a Kirov por la espalda... Luego se desplomó, debió desmayarse... Evacuábamos a Kirov, cuando Nikolayev se despertó... De inmediato sacó una navaja de la cazadora y se cortó la garganta. No lo pudimos evitar porque...

Releyó esta última declaración, pensando que aclaraba bastante la secuencia de los hechos.

—Camarada comandante...

—Pase, Markus.

El detective dejó un montón de fotografías sobre la mesa y aclaró:

—Faltan diez, pero aún están húmedas.

—¿Cuántas hay aquí?

—Noventa y dos.

—¿Los negativos?

—Están en la sala de revelados.

—Guárdelos en la caja fuerte y, en cuanto me entregue las que faltan, puede irse a casa.

El detective asintió y salió del despacho, cerrando la puerta con suavidad. El comandante regresó a las manifestaciones.

> ...Nicolayev disparó a un metro de distancia... A continuación se derrumbó... Al despertar, quedó unos segundos atontado. Después, como si se percatase de algo, sacó una navaja...

Todo parecía estar claro. Kirov había salido al pasillo para atender la llamada. Nicolayev le estaba esperando y le disparó en la nuca. Al darse cuenta cabal de lo que había hecho, se desmayó. Pero, al despertar, el arrepentimiento le obligó a suicidarse con lo único que tenía a mano, ya que le habían retirado el revólver.

Con desgana, Litonev fue cogiendo el resto de testimonios. No encontró nada nuevo antes de que el veterano detective le interrumpiera.

—Las diez fotos que faltaban, camarada —dijo Markus, mientras las depositaba encima de la mesa.

—¿Sabe algo de los que fueron hasta el Ballet?

—No, pero recuerde que la función no termina hasta las doce. Si han de tomar declaración a todas las bailarinas, pues no creo que...

—Ya. Usted váyase, que mañana será un día duro con decenas de jerarcas del Partido, periodistas y curiosos pululando por aquí.

Al tiempo que el detective abandonaba el despacho, el comandante cogió su maletín y lo abrió. Al introducir, con calma, las fotos, las miraba de soslayo para comprobar que todos los folios del diario aparecieran legibles. «Han trabajado bien», concluyó al guardar la última.

Hizo amago de guardar también las declaraciones de los presentes en el Soviet, pero, al comprobar que sólo le quedaban tres por leer, se arrepintió. Con ellas en la mano, regresó al sillón. Se calzó las gafas y una vez más volvió a la lectura.

> ...Me extrañó volver a ver a Nikolayev en los pasillos del Soviet. Hacía cinco días que había sido expulsado de la Milicia...

¿Expulsado? El comandante dio un brinco. Con energía, comenzó a remover los papeles de la mesa. «¿Dónde mierda dejé su ficha profesional?», se decía. Por fin, al encontrar el cartapacio, asintió satisfecho. Lo abrió y su mirada voló al último párrafo que había leído.

> ...el Partido ordena que se le integre en la Milicia del Soviet...

Continuó más adelante:

> El sábado 27 de noviembre se le expulsa de su empleo por la dejadez demostrada en el trabajo y las quejas constantes sobre su comportamiento...

«Si se le había expulsado, ¿cómo le permitieron entrar en el edificio?», se preguntó molesto. «¿Tendría algo que ver Kirov en su expulsión? ¡Qué asco! Habría que destituir a todo el cuerpo de guardia por falta de diligencia».

Cogió airado las declaraciones que le quedaban por leer y se hundió en el asiento.

> ...Los centinelas de la entrada me comunicaron que Nikolayev se encontraba de nuevo allí, pero en esta ocasión ya no les ordené que lo detuvieran. Era inútil porque...

El comandante apartó la vista de la hoja, perplejo por un instante, y luego la dirigió a la firma:

«Seguéi Ivanov, cabo de guardia».

—Eres tan culpable como el que apretó el gatillo —farfulló encolerizado. Y siguió leyendo:

> ...ya se le había detenido los dos días anteriores con un revólver Nagant y un libro en su mochila...

Se saltó algunos renglones sin información relevante.

...En las dos ocasiones, después de media hora en los calabozos, se recibió la llamada del subjefe del NKDV en Leningrado, el camarada subcomisario Iván Zaporozhets, ordenando que se le dejase en libertad de inmediato...

3
Las dudas

«Demasiados interrogantes», se repitió por enésima vez el comandante camino de su casa. Sus pasos resonaban por el paseo empedrado a orillas del Neva, con el Báltico en el horizonte. «Llaman a Kirov desde el Kremlin a las cuatro y media en punto. Sale de sus dependencias y le está esperando Nicolayev con un revólver y un cuaderno de notas que llamaba *libro*, y le dispara. De inmediato, al ver el cuerpo sangrando y tumbado, se desmaya. Despierta y, al no tener el Nagant, saca la navaja y se rebana la yugular… No sé, no sé. Todo indica un pistolero aislado muy poco profesional, pero… ¿a qué viene esa protección del subcomisario del NKDV, Iván Zaporozhets?».

Se detuvo y apoyó el maletín encima de la barandilla de piedra del puente del Palacio. Sacó el paquete de Lucky Strike y encendió un cigarro. El cielo era una gran mancha de tinta negra, en la que no se distinguía ni siquiera la escuálida «C» de la luna. Echaba en falta las Noches Blancas anunciadas, en la primavera, por la fiesta de la Candelaria, cuando los niños quemaban monigotes que simbolizan a las brujas del oscuro invierno para matar los miedos de una claridad que lo bañaba todo, las veinticuatro horas, durante meses. Entonces, las costas del Báltico y las riberas del Neva se plagaban de pintores y fotógrafos que inmortalizaban sus atardeceres eternos. Ésa era la ciudad que amaba.

Le disgustaba el Neva en estas fechas, no sólo por su superficie helada y la oscuridad de su paseo, sino también porque casi todos los puentes se encontraban cerrados y se había apagado la alegría del ir y venir de las embarcaciones de pescadores y de recreo. La exuberante arquitectura italiana, que desde la Ilustración le confería a la ciudad su actual fisonomía, convertía la ciudad en un museo al aire libre, con aquellas edificaciones y canales que la asemejaban a Venecia.

Apartó sus ojos de la superficie del río y giró sobre sí mismo. Se encontraba en el cruce del paseo con la plaza que culminaba en el Palacio de Invierno. Distinguía la silueta de sus guardias en las rondas nocturnas junto al frente del edificio.

Un olor desagradable, como a celulosa quemada, llegó hasta su nariz.

—¡Maldita sea! —exclamó al comprobar que la colilla había agujereado su manopla.

No era el primer agujero. Sonrió. Si no fuera por la cantidad de impresos que debería rellenar y las interminables explicaciones al burócrata de turno, pediría un par de *mitt* nuevos a los de Suministros.

Miró el reloj: las dos y media. Nadezhda y el niño estarían dormidos. Ya no tenía prisa por llegar a casa, por lo que dejó que la iluminación del Palacio de Invierno le evocase otros tiempos. Tal vez la guerra con Japón, el hambre que generó, el Domingo Sangriento y la explosión de la Revolución de 1905. Él era un niño cuando escuchó extasiado, frente al Palacio, a un hombre con gafas y perilla dirigirse a los obreros y soldados exhortándoles a unirse a la huelga de las doscientas fábricas.

Después llegó la I Guerra Mundial y volvió a oír a esa misma persona repetirlo ante los soldados, obreros y campesinos armados que tomaron el Palacio de Invierno y constituyeron el Soviet de Petrogrado. Y ahí estalló la Revolución del 17, con aquel bolchevique apodado León Trotsky y con Lenin derrotando a los Romanov.

Tal vez, esa noche cerrada, Litonev pensó que aquellos habían sido otros tiempos: el prólogo del hoy. Vivían en 1934, con Lenin muerto y Trotsky desterrado por «contrarrevolucionario». ¡Qué ironías tiene la Historia! Uno de los padres de la Revolución, considerado un traidor. El comandante meneó la cabeza. Después cogió su maletín, encendió otro cigarro y reanudó la marcha hacia las callejuelas que bordeaban el Palacio, camino de su pequeño *noroBo*. «¡Bah! Sólo soy un simple policía. ¡Qué sé yo de política!», exclamó para sí, como apartando esos pensamientos.

Los soldados de las garitas del Palacio de Invierno vieron a su jefe, como en los atardeceres de los meses pasados, bordear el edificio. Solían repetir, entre susurros, su sorpresa ante el hecho de que Litonev no utilizara el coche oficial al retirarse a su domicilio, pero lo que no sabían es que el comandante necesitaba, como un alcohólico, la dosis diaria de recuerdos que lo retrotrajesen al momento en el que comenzó el Año Cero de la Historia de su pueblo, donde ya no hubo ni dioses ni tribunos.

Llegó a la vivienda. Con precaución, introdujo la llave en la cerradura, la giró y abrió la puerta lentamente. No quería despertarlos, sobre todo al niño. Era consciente de lo que habría que pelear para que conciliase de nuevo el sueño.

Encendió los dos quinqués de la cocina y, sosteniendo uno, se dirigió a la habitación. Su mujer dormía acurrucada con el niño en la única cama de la casa. Desde el día en que su hijo nació, Litonev esperaba que el Comisariado de la Vivienda les concediese otro piso más amplio. De eso ya hacía meses, pero prefería no pensarlo o se presentaría con la Tokarev en el despacho de algún burócrata y le volaría la tapa de los sesos. Se quedó mirándolos unos segundos, se inclinó y les dio sendos besos.

—Igor… —murmuró su mujer entre sueños.

—No quería despertarte —le susurró él al oído.

—No dormía. En realidad, te esperaba.

—Vuelve a dormir.

—¿No vienes para la cama?

—No, tengo trabajo. —Y volvió a besarla.

A continuación, se encaminó a la cocina y colocó el quinqué al lado del otro sobre la mesa. Abrió el maletín, sacó las fotografías y un cuaderno de notas. Se sirvió un vaso de vodka y se sentó a leer.

> …Los jerarcas de la Checa me destituyeron de mi cargo de jefe de Murmansk por no cumplir órdenes, dijeron, y porque se me morían los prisioneros a riadas. Pero sus indicaciones redactadas por burócratas que no se han movido de sus despachos eran imposibles de cumplir…

Dio un trago al vodka, encendió un Lucky Strike, exhaló el humo pensativo, y reanudó la lectura.

> …Me han degradado al puesto de guarda del Soviet, sin valorar mis sacrificios por el Partido y la Revolución, mis informaciones sobre los contrarrevolucionarios o mis años combatiendo a los guardias blancos… Tal vez tenga razón Elizabeth Lermolo cuando me dijo en Pudozh que la revolución ha muerto, que la han matado los burócratas…

Litonev dio una calada y anotó el nombre de la mujer en su cuaderno.

... Entre los guardias del Soviet, algunos comparten mis opiniones. De ahí que prefiera hacer las guardias con Antonov...

Estaba anotando el nuevo nombre cuando la voz de Nadezhda le sorprendió:

—¿Qué es tan importante que te impide dormir a mi lado?

Alzó la vista y la vio recostada contra el marco de la puerta de la cocina con los cabellos pelirrojos revueltos y embutida en un viejo abrigo gris que hacía las veces de bata.

—Siéntate —le dijo Igor, dando una palmada en la rodilla.

Nadezhda sonrió, se dirigió hacia él, se sentó sobre sus piernas y le besó. Luego le cogió el vaso con vodka y dio un sorbo corto.

—¡Ah, Lucky Strike! —dijo, sacó un cigarro y, con una sonrisa, añadió—: ¿Ahora nos dedicamos al contrabando, Igor?

—Es un obsequio de esa periodista yanqui.

—¿Es guapa?

—A mí sólo me gustan las pelirrojas —respondió, al tiempo que sumaba un beso en la mejilla de Nadezhda.

—¿Qué le diste a cambio? —preguntó mientras encendía el pitillo.

—Le dejé leer el nombre del asesino de Kirov.

—¿Quién es?

—Un pobre diablo —exclamó, señalando las fotografías—. Creo que se trata de un enfermo que culpaba a todos de sus desgracias, sin asumir sus responsabilidades.

—¿A quién culpa? —inquirió, y cogió una de las fotos.

—A los burócratas que, según él, han paralizado los logros revolucionarios.

—Eso no es nuevo. Ya lo defendió Trotsky y la Oposición de Izquierdas hace siete años.

—Ya, pero no es lo mismo. Ellos esgrimieron planteamientos políticos; en cambio, tengo la impresión de que este sujeto los ataca porque lo han relegado.

—Entiendo. Te dejo con tu guardia asesino —dijo su esposa, y le besó en la boca.

Después se levantó pero, al llegar al marco de la puerta, se giró para preguntar.

—¿Qué sabes de la nueva vivienda?

—Aún no me han contestado. Les daré dos días más.

Cuando Nadezhda regresó a la habitación, el comandante volvió de nuevo los ojos a las fotografías.

> ...La burocracia no es agradecida. No han tenido en cuenta mis años en el Ejército Rojo, ni las informaciones que trasladé a la Checa sobre enemigos de la Revolución, ni los rublos que les ahorré con los presos fallecidos de hambre en el campo de...

EL LLANTO DEL PEQUEÑO Iván anunciando su hambre despertó a Nadezhda. La mujer cogió al niño en sus brazos y sacó el pecho. El bebé lo abrazó y succionó con ansiedad. Ella sonrió. De repente distinguió luz en la cocina.

—Igor —llamó, sin obtener respuesta.

Se levantó de la cama con el niño en brazos y salió del cuarto. Su marido dormía con la cabeza sobre la mesa. Los quinqués daban sus últimas sombras a las paredes y las fotos se hallaban esparcidas por el tablero e incluso en el suelo. Advirtió una docena de nombres anotados en el cuaderno de apuntes. Los leyó: ninguno le era familiar. Puso café a recalentar y sintonizó Radio Moscú.

...El asesinato del camarada Kirov ha convulsionado la vida política de la Unión Soviética...

—Igor —volvió a llamarle, meciéndole los hombros.

...El Politburó ha fletado un tren para trasladar a los miembros del Gobierno desde Moscú a Leningrado, con Stalin al frente para asistir a...

—¡Maldita sea! ¡Si son las siete y media! —exclamó él, frotándose los ojos.

—¿Has terminado de leerlo? —preguntó Nadezhda, colocándole una taza con café humeante.

—No. Me debí dormir en... —Ojeó su bloc de notas y añadió—: Me queda la mitad.

—¿Dice algo interesante?

—Es una especie de diario lleno de reproches a todos los superiores que no lo valoraron.

—¿Son muchos?

—Todos —dijo, y, después de dar un sorbo al café, sonrió para añadir—: Todas las semanas enviaba una carta de queja a algún jerarca del Partido. Hasta mandó una al mismísimo Stalin con la majadería de lo que consideró un injusto cambio de turno en su guardia.

—¿Le hicieron caso?

—¡Qué le van a hacer! Es evidente que no está bien de la cabeza. Y apuesto mi sueldo a que los conocidos lo tienen por un demente.

...A falta de la ratificación por el Politburó, Stalin ha redactado un decreto contra el terrorismo que amenaza al pueblo soviético en el que se establece...

—Era lógico que se modifica...

—Sssss... —le siseó Nadezhda, subiendo el volumen de la radio.

> ...exhorta a los investigadores a terminar los sumarios cuanto antes, a los jueces a no demorar las sentencias y al Comisariado de Asuntos Internos a ejecutar las penas de muerte de inmediato...

El niño lloró. Nadezhda lo meció y volvió a ofrecerle el pezón, que el bebé aceptó con avidez.

—Igor, tuve un mal presentimiento y creo que se confirma.

—¿De qué hablas?

—Cuando oí lo de la hora del atentado, me recordó a Hitler este verano.

—Ya me lo dijiste. Pero no tiene nada que ver.

—Es lo mismo, Igor. Lo mismo.

El comandante se levantó y, llevando la mano a la cabeza dc su esposa, la acercó a su hombro.

—La actuación de Hitler fue para terminar con la oposición dentro del partido nazi. El decreto de Stalin es para amedrentar a los enemigos de la Revolución.

Una lágrima recorrió la mejilla de Nadezhda; Litonev se la limpió con el pulgar.

—¿Qué te preocupa?

—Ese decreto, Igor.

—Sólo va a afectar a los terroristas.

—¿No lo ves? Vuelven los juicios sumarísimos.

—Nadia, es sólo en caso de terrorismo.

—Es una copia del de Hitler.

Litonev la abrazó en silencio. Pensó que los meses de un embarazo problemático unidos al cuidado del recién nacido habían debilitado anímicamente a su mujer. Luego estaba la radio: era su único contacto con la realidad, junto con un montón de novelas que hablaban de guerras, dictadores sangrientos y conspiraciones en los pasillos de palacios.

Apretó aún más el abrazo.

—Igor, presiento que hoy ha comenzado otra época de terror para nuestro pueblo.

4
INSEGURIDAD

LA EXPRESIÓN CANSADA del comandante no pasó desapercibida para los guardias del puesto de control en la entrada del cuartel de la Milicia. La mirada aguda se enmascaraba ahora tras unas ojeras profundas y una tez pálida. Bajo su abrigo y *ushanka* pardos, su mandíbula marcada y los firmes pasos eran lo único que le identificaba.

Nada más entrar en su despacho, posó el maletín encima de la mesa y se dejó caer en el sillón. Habían encendido la estufa y el calor le provocaba aún más somnolencia. Se apoyó el índice y el pulgar junto a los lagrimales y apretó. «Necesito ingentes cantidades de café bien cargado y aire fresco», se dijo.

El subteniente entró con una carpeta, pero, al notar su estado, propuso:

—Aún me queda café turco de mi viaje a Azerbaiyán. Si le apetece...

—Gracias, camarada. ¿Tenemos algo urgente?

Ilich abrió el cartapacio y, recorriendo el folio con el índice, le informó:

—El primero que solicitó hablar con usted fue el sargento de la guardia del Soviet.

El comandante asintió. Ante su silencio, el otro continuó leyendo:

—Luego esperan su turno los *operativniks*...

—Que Markus, su jefe, les acompañe.

Ilich tomó nota y siguió con las tareas:

—Hay dos solicitudes más, pero no corresponden a la Milicia.

A un gesto del mentón de Litonev, el subteniente le detalló:

—Ha llamado una periodista, una tal Dora...

—Ah, Fischer —dijo, al tiempo que abría el paquete de Lucky Strike para comprobar que sólo le quedaba un cigarro, pero ninguna cerilla.

Se levantó dirigiéndose hasta la estufa. Introdujo una hoja del *Pravda* en las llamas y encendió el cigarro. Después arrojó el papel al interior y preguntó:

—¿Qué quería?

—Hablar con usted sobre una... anomalía, creo que dijo.

«Anomalía», el término que Dora utilizaba cuando algo se salía de la lógica más elemental, aunque también le parecía anómalo aquello que se presentaba sin fisuras ante los ojos. «Demasiado perfecto», decía en esas ocasiones. El comandante consultó el reloj.

—Dígale que esté aquí dentro de una hora.

Ilich tomó nota e informó de otra petición:

—El responsable del departamento fotográfico de la Milicia también deseaba hablar con usted.

—¿Dijo para qué?

—No. Lo que sí dejó claro es que tenía que ser en persona.

—Dele cita para después de Fischer.

—¿A quién llamo primero?

—Al sargento del Soviet.

—¿Antes o después del café, comandante? —preguntó con una sonrisa.

—Si es posible, que sea al mismo tiempo —dijo, y dio una calada.

Parecía que la retahíla de tareas le había hecho regresar al mundo de los vivos. Arrugó el paquete de tabaco y lo arrojó al interior de la estufa, al igual que la colilla. Vació su maletín de fotografías y las guardó en el último cajón del escritorio. «En cuanto tenga tiempo he de terminar la lectura», pensó al girar la llave. Luego se acomodó en el sillón.

—El sargento Ivanov Sverdlov —anunció Ilich.

Con un gesto de la mano, el comandante le indicó que le hiciera pasar. Un instante después, el sargento de cara de niño y mostacho estaliniano se cuadraba con la *ushanka* pegada al costado. Apenas cesaron los saludos de rigor, el subteniente avanzó con una bandeja en la que reposaban una cafetera, un azucarero y varias tazas.

—Es por si desea invitar a alguien —respondió Ilich, ante la mirada interrogativa del comandante.

—¿Le apetece, sargento? —preguntó el comandante, mientras se servía una taza.

El otro negó con la cabeza. Litonev bebió el café de un trago. Cerró los párpados y apretó los labios. Le había sabido a gloria. De inmediato se añadió un poco más.

—Cuente —le urgió.

—La llamada por la que se interesó se recibió a las cuatro y media en punto desde el teléfono directo del Kremlin con el Soviet. El aviso lo recogió Eva Latinina, que lo trasladó de inmediato a Stevo Gorokova, la secretaria de Kirov.

—Entre las declaraciones que usted me pasó ayer no figuraban las de ellas.

—Lo sé. Es que el comisario jefe Drijanov, nada más llegar, las incomunicó. Incluso se llevó al guardaespaldas a dependencias de la NKVD.

—¿A Borisov?

El otro asintió. Seguidamente el comandante sacó la hoja en la que había anotado ciertos nombres mencionados en el diario de Nikolayev.

—Le voy a nombrar a dos guardias del Soviet. Le rogaría que me diera su opinión personal.

El sargento asintió, sin desviar la mirada del ángulo de unión de la pared con el techo.

—Antonov…

—Lleva seis meses. Fue trasladado desde la Milicia de Moscú…

—Su opinión personal, sargento —repitió, severo, el comandante.

—Alardea de su amistad con el subjefe de la NKVD, con Zaporozhets, por lo que siempre discute las órdenes y trasgrede la prohibición de beber vodka y jugar a los naipes estando de guardia.

—Zvyezdov.

El otro carraspeó y se limitó a un lacónico:

—El alma gemela de Antonov.

—¿Cuál era su opinión sobre Nikolayev, el presunto asesino?

—Otra alma…

—Ya. Trillizos —escupió el comandante.

No necesitaba la respuesta del sargento: el diario se la había facilitado. Rebuscó en el cajón alguna cerilla. Al encontrarla, encendió un cigarro de la cajetilla de Zolotoe y se añadió café. A continuación, prosiguió:

—En el informe del cabo de la guardia he leído que a Nikolayev se le detuvo dos veces intentando traspasar la zona de seguridad del Soviet con un Nagant y después se le dejó marchar.

—Órdenes del subcomisario Zaporozhets.

—¿Quedó registro de ello?

—Hay un detalle en el libro de incidencias.

—Bien, hágamelo llegar.

Dio una calada y provocó un silencio que el sargento interpretó como el fin de la conversación.

—Si no ordena nada más…

—Aunque ya lo habrá hecho el NKVD —le interrumpió calmo el comandante—, intente conseguir para la Milicia las declaraciones firmadas de la telefonista y de la secretaria de Kirov.

El sargento abandonó el despacho después de un taconazo y el saludo de rigor.

«Zaporozhets, de una forma u otra, siempre me topo contigo en este asunto», masculló el comandante. «Si no fueses el subjefe en Leningrado de la NKVD y porque en el momento del atentado te encontrabas en Moscú, pensaría que…». Sus elucubraciones fueron interrumpidas por la pregunta del subteniente:

—¿Le ha gustado el café?

—¿Cómo…? Ah, gracias, Ilich. Es fuerte. Justo lo que yo necesitaba.

El otro sonrió satisfecho y le informó:

—Los detectives esperan, comandante.

Litonev asintió e indicó que los hiciese pasar. Markus, portando una carpeta, traspasó el umbral escoltado por sus dos compañeros: el veterano y grueso Vladimir y el joven e inquieto Mijalik. El jefe de detectives depositó el cartapacio sobre la mesa, lo empujó con suavidad hasta dejarlo al alcance de la mano del comandante de la Milicia y le informó:

—Las declaraciones de cuarenta bailarinas, diez músicos, un director, tres acomodadores y dos taquilleras.

El comandante colocó la mano izquierda sobre los informes que le presentaban y, con gesto abrupto, solicitó:

—¿Quién me hace un resumen?

Markus y el detective maduro se giraron hacia el más joven. Éste, desconcertado, les devolvió la mirada y luego se dirigió, interrogante, a Litonev.

—¿He de ser yo?

—Al parecer, todas las bailarinas querían hablar contigo —dijo Markus, y liberó una sonrisa.

—Hable —ordenó el comandante.

—Esto… —El joven inclinó la cabeza y, con las dos manos, se rascó la nuca, para señalar—: Está bien, pero que conste que no me cité con ninguna.

La carcajada de los otros tres la oyó incluso Ilich del otro lado de la puerta. A continuación, ya serio de nuevo, el comandante le señaló:

—Eso no nos interesa, camarada Mijalik. Proceda con el resumen.

—Casi todas las declaraciones coinciden: Kirov acudía siempre a los estrenos, se sentaba en primera fila… Incluso le tenían la butaca reservada. A la mayoría de las bailarinas les hizo regalos o les consiguió algún puesto para un familiar. Hablaban de él con cariño, con agradecimiento.

—¿Alguna favorita?

—Sí. Natalinova, la primera bailarina.

—No encuentro su declaración… —dijo el comandante, al tiempo que rebuscaba entre el montón de testimonios.

—Es que no está. Ayer no acudió a la función y excusó su presencia para hoy. Dicen que está tan afligida que no sale de la habitación de su hotel, en el malecón de Griboedor, cerca del Mercado de San Nicolás. Ya sabe: un nidito de amor.

—¿Novio?

—Al ser la protegida de Kirov, nadie se acercaba.

—¿Kirov solía acudir solo a las funciones?

El joven detective sacó una libreta, pasó las hojas con rapidez y se detuvo ante una.

—Sí, aquí está. Stalin le acompañaba si se encontraba en la ciudad. Recuerdan tres veces. En esto coinciden casi todos.

—¿Alguien más?

—Después de este verano se dejaron ver Kámenev, Zinóviev, Ordhnikidze…

—Ya veo. La plana mayor del Comité Central. Pero… ¿sólo después de este verano?

El detective joven asintió.

—Extraño —murmuró Litonev.

—Los que siempre se sentaban a su lado eran Borisov, su guardaespaldas, y Boris Drijanov.

—¿El jefe de la NKVD en Leningrado?

El otro asintió y, de inmediato, se rascó la nuca con fuerza.

—¿Le preocupa algo? —le preguntó el comandante.

—No. Es una tontería. Al parecer Drijanov también mantiene relaciones con una bailarina, a quien tampoco pude interrogar. Está encerrada en el mismo hotel. Una tal… —Ojeó de nuevo la página y leyó—: Elma Zvyezdov.

—¿Zvyezdov? —preguntó desconcertado Litonev, revisando frenético sus anotaciones.

—Así es —aseguró el joven detective, repasando los apuntes.

El comandante comprobó el apellido: era uno de los que mencionaba Nikolayev en su diario.

—¿Saben si esa Elma tiene un hermano en la guardia del Soviet?

Markus y los otros dos detectives cruzaron sus miradas y, a continuación, negaron con la cabeza.

—Incidan ahí —ordenó el comandante.

Luego se mojó los labios con el café. Estaba frío. Lo apartó con desagrado, momento que aprovechó Markus:

—¿Me permite una pregunta, comandante?

Litonev asintió.

—Nos llama la atención que nos hayamos encargado nosotros de esta investigación, ya que el caso es competencia exclusiva de la NKVD.

—No se olviden de que el presunto terrorista pertenecía a la Milicia.

—Todos lo saben, comandante: era un lunático.

—¿También saben si actuó solo?

Los tres detectives se miraron de reojo y guardaron silencio:

—Tráiganme las declaraciones de las protegidas de Kirov y Drijanov —exigió, rotundo, el comandante.

5
ANOMALÍAS

EL COMANDANTE VOLVIÓ A CONTEMPLAR la taza de café. El hecho de que estuviese frío le parecía, en ese momento, un pecado capital. Por eso, apenas los detectives abandonaron el despacho, se levantó y colocó la cafetera encima de la estufa. De inmediato se quitó el abrigo pardo y lo colgó de la percha. Se dijo que para pensar con claridad, necesitaba otro cigarro, y encendió uno. Dio una calada y comprobó que del brebaje emergía vapor. Retiró el recipiente de la chapa, acercó la taza y la llenó despacio, con hilo fino. No necesitaba azúcar.

Al sentarse, se inclinó hacia atrás con el pocillo humeante. Dio un sorbo lento. «Espero no añadir la cafeína a la lista de necesidades de mi cerebro», pensó cuando giraba la llave del cajón del escritorio. Sacó las fotografías y las depositó encima de la mesa. Arrimó el flexo, se caló las gafas y, con el cigarro en la izquierda, cogió una fotografía.

> ...Me expulsaron de la guardia del Soviet porque ha llegado a oídos de los burócratas que estoy escribiendo este libro que pondrá patas arriba los cimientos del Kremlin. He escrito a Stalin, a Kirov y al Presidente de la Comisión de Control explicando mi

situación. Si ellos no me responden, seguiré los pasos de los revolucionarios de Narodnaya Volya...

¿Atentados suicidas? ¿Eso es lo que pretendía este chalado si no se le hacía caso?, se preguntó. Un ruido inesperado obligó al comandante a guardar las fotografías.

—Comandante —Ilich había abierto la puerta—, está aquí la periodista yanqui.

Litonev giró la llave del cajón, y Dora Fischer entró como siempre: con la mano derecha extendida, los rizos revueltos, la sonrisa franca y los regalos que agrietaban las paredes de los palacios.

—¿Otro vez fumando esa mierda? —y dicho esto, sacó dos paquetes de Lucky Strike de la mochila y los depositó encima de la mesa, para sentarse, esta vez sin esperar la indicación del comandante.

Litonev abrió el cajón superior y, extendiendo el brazo, barrió las cajetillas hacia el borde de la mesa. La gravedad hizo el resto.

—¿Qué se te ofrece? —le preguntó con gesto adusto.

—Camarada comandante, cambia esa cara. El tabaco que te regalo no te obliga a nada conmigo.

—¿Qué quieres?

—Sabes —dijo calmada, y cruzó las piernas—, por mi condición suelo oír cosas.

—Pensé que venías a hablarme de tus anomalías y no de chismorreos.

—Todo a su tiempo. Verás, desde el atentado, llevo pululando de despacho en despacho. No es un secreto que la dirección de la Milicia está en entredicho...

—Es lógico.

—Ulianov está mayor y enfermo. Lleva dos meses en el hospital, y en el Partido están pensando en su sustitución.

—No es justo que los males de la Milicia se le achaquen a un Ulianov que no se puede defender.

—No lo sé, pero están barajando nombres.

—Ya veo que has dejado la crónica política por la de los cotilleos de pasillos. —Aplastó el cigarro en el cenicero y, con una sonrisa, añadió—: Serías feliz si aún viviesen los Romanov.

—Pues la noticia te interesa: tu nombre ha comenzado a sonar.

—Perdona si no te creo, querida Dora Fischer —dijo, al tiempo que abría un paquete de Lucky Strike.

—¿Me llamas mentirosa?

—No, pero de los ocho comandantes de la Milicia, soy el más joven y un recién llegado. ¿Quién me va a ver como el comandante en jefe?

—A lo mejor todos, si utilizamos el descarte.

Litonev encendió el cigarro y respondió despectivo:

—Si has venido a tomarme el pelo…

—Piensa: excluimos a los que sirvieron con el Zar; a los timoratos con la Revolución; a los que militaron con los mencheviques… ¿Quién nos queda de los ocho?

—Ni idea.

—Sólo tú.

—¿A qué has venido? —preguntó cortante.

—Ya ves, eres el favorito, pero…

—¡Déjate de juegos, Dora!

—Han encontrado una mancha en tu vida.

—¿De qué cojones hablas?

—De tu mujer.

—¡Basta ya! —Y dio un puñetazo sobre la mesa y arrojó con furia el cigarro al suelo.

—Calma, camarada. Deberías darme las gracias.

—No sé qué pretendes —dijo, levantándose y señalándole la puerta—, pero es mejor que te marches.

—¿No te interesa saber lo que se comenta?

—He dicho que te marches o yo mismo te sacaré a patadas —escupió, abriendo la puerta.

El subteniente Ilich había oído el escándalo y se acercó hasta el despacho de su jefe con el arma desenfundada. Al distinguirlo, Dora se levantó, apoyó la mano sobre el hombro del comandante, le guiñó el ojo y susurró:

—Permíteme que te lo cuente.

Litonev, girando la cara hacia Ilich, asintió, entornando los párpados, y el hombre bajó la pistola.

—Tienes un minuto —sentenció Litonev.

Tras cerrar de nuevo la puerta, se cruzó de brazos.

—En los debates del Partido hace años, tu mujer se posicionó con Trotsky y la Oposición de Izquierdas contra Stalin y la mayoría. Al ser derrotados, radicalizó sus planteamientos…

—¿Qué sandez es esa?

Con dos zancadas, Litonev se acercó a la periodista, posó las manos sobre sus hombros y la obligó a que le mirase de frente, para añadir firme:

—Ella militaba en las Juventudes y tomó posición en los debates. Perdieron y se terminó: todos a defender la tesis mayoritaria.

—Ajá, el centralismo democrático de Lenin —respondió ella, con sorna, y se zafó del amarre sin brusquedad. Luego se dirigió a la silla, se sentó y habló con parsimonia—: No seas ingenuo, comandante. ¿Qué queda hoy de esa tendencia? Nada, excepto Trotsky en el exilio. ¿No lo ves? Han cortado las alas a todos los opositores desde entonces.

Litonev apoyó los puños cerrados sobre el escritorio y se inclinó hacia adelante.

—Mira, Dora —y alzó la voz—: ¡Me importa una mierda! Ni he pedido ni quiero ser comandante en jefe. Así que asunto cerrado. ¿Me explico?

—Ya sabes que yo vengo del país de la publicidad...

—¿Qué majaderías dices ahora?

—Pensaba en que a lo mejor necesitabas una buena publicista...

—Ah, es eso.

El comandante regresó a su sillón, apoyó los codos encima de la mesa y, adelantando el mentón y mirando desafiante a los ojos de la reportera yanqui, le preguntó:

—¿Qué quieres?

—Nikolayev ya no pertenecía a la Milicia. ¿Por qué tus hombres lo dejaron pasar?

Litonev tragó saliva y rebuscó entre las carpetas la que contenía las declaraciones de los presentes en el Soviet durante el atentado. Por último, la abrió y releyendo su contenido, ubicó el pasaje donde el cabo de la guardia explicaba sus motivos para liberar a Nikolayev. Se lo tendió a la periodista.

—Lee esto.

—... dos veces... revólver Nagant... orden de Zaporozhets... —Ella posó el papel encima de la mesa, pálida, balbuceó—: ¿Quién sabe esto?

—Pocos, entre los que te incluyes.

La mujer introdujo su mano en el abrigo y, con manos temblorosas, sacó un paquete de tabaco. Lo abrió con dificultad y se llevó un pitillo a los labios. Con pulso firme, el comandante le acercó un fósforo encendido. Después de la primera calada, Dora masculló:

—Joder, el NKVD detrás de esto.

—A lo mejor no. Recuerda que su jefe, Boris Drijanov, era amigo personal de Kirov.

—Entonces, ¿quién está detrás del subjefe Zaporozhets?

El comandante abrió el cajón, sacó un Lucky Strike y expuso calmo:

—Eso es lo que hay que averiguar, querida amiga.

6
¿CONSPIRACIÓN?

COMPITIENDO CON LA BRUMA generada por los pitillos, el silencio se había convertido en el amo indiscutible del despacho. Tanto Dora Fischer como Litonev sospechaban ahora que el atentado a Kirov era algo más que el disparo de un pistolero aislado y demente. La única duda se refería a la cantidad de gente involucrada en la conspiración y, si era piramidal, quién era el vértice. De repente, la periodista rompió el mutismo:

—Algo sospeché cuando fui a entrevistar a su familia al barrio de Vyborg.

Se levantó, comenzó a pasear inquieta y, acariciándose la barbilla, empezó a hablar. Parecía que lo hacía para sí:

—Nikolayev no era nadie, menos que nada. Vivía con su madre, su mujer y sus dos hijos. La madre está enferma; su mujer es una vampiresa que está harta de su marido y de los golpes que recibe. «A él sólo le interesa quedar bien con los jerarcas del Partido. No le preocupa nada. Y yo quiero divertirme mientras sea joven», me dijo. La NKVD había registrado el piso, tenían todo revuelto y eso es lo que le preocupaba a ella. Aún retumba en mi cabeza su despedida: «Por ese reloj, conozco unas amigas que le harían pasar una noche inolvidable». ¿Qué te parece? Creyó que me gustaban las mujeres.

Litonev sonrió y le aconsejó:

—Siempre te he dicho que deberías cuidar más tu lado femenino.

—Serás imbécil… Sin payasadas, ¿qué opinas?

—Sumiso con los superiores, tirano con los inferiores —reflexionó el comandante.

—¿Por qué dices eso?

—Estuvo destinado como jefe del campo de Murmansk y dejaba a los presos a su suerte.

—La personalidad ideal para cometer un asesinato siguiendo órdenes que no se cuestionan. El tonto útil.

—O como único camino para pasar a la Historia.

En ese momento, el subteniente Ilich abrió la puerta y anunció al comandante:

—Tiene una vista.

—Dígale que espere un momento —indicó Litonev, pensando que se trataba de la cita prevista con el jefe del laboratorio fotográfico.

El subteniente, sin embargo, cntró en el despacho y se inclinó hasta que su boca quedó a la altura del oído de su superior para sisearle:

—Se trata de su mujer.

El gesto de sorpresa de Litonev no pasó desapercibido para la periodista, que sentenció:

—No serías buen jugador de póker.

El comandante se levantó.

—Ya tienes lo que querías —le indicó—. Si no te importa, continuamos la conversa…

—Despreocúpate —dijo ella, al tiempo que recogía su mochila y se la colgaba del hombro.

Antes de salir, aún añadió con sonrisa maliciosa:

—Ah, si precisases más cigarros…

El comandante no le respondió. Se limitó a esperar unos minutos, los suficientes para que la reportera abandonase el edificio. Después salió de su despacho y le preguntó a Ilich por su esposa.

—En el corredor de entrada —respondió el subteniente—. No quiso pasar a la sala de espera.

Con paso firme, Litonev se encaminó hacia el hall. En las paredes que antaño habían lucido los lienzos de la dinastía de los Romanov, ahora, como otro linaje, colgaban los retratos de Marx, Engels, Lenin y Stalin.

No la encontró allí. Escrutó los alrededores sin resultado. Pensó que quizá hubiera salido al patio, y miró a través de las cristaleras. En efecto, estaba bajo los soportales, con el niño acurrucado entre sus brazos, contemplando extasiada la caída de los copos de nieve.

—Nadia, ¿ocurre algo?

Ella se giró. Aunque llevaba la cabeza cubierta con una *ushanka*, sus ojos color mar destacaban entre los cabellos pelirrojos.

—Mira —respondió, entusiasmada, y le tendió un documento lacrado con varios sellos oficiales.

Litonev lo recogió. Era una notificación del Comisariado de la Vivienda, que leyó en diagonal. Les concedían el traslado a una vivienda más amplia.

—Por fin se acordaron de nosotros —exclamó, al tiempo que le daba un beso a su esposa.

—Me llegó hace una hora y me acerqué hasta el Comisariado a por las llaves. —Y, sacudiéndolas, las hizo tintinear ante sus ojos.

—Tus deseos cumplidos.

—¿Te has dado cuenta de su ubicación, Igor?

Sus ojos se dirigieron a las señas indicadas:

—Calle Sredniaya Podiacheskaya número… ¿Esto no está en el entronque con Griboedor?

—Claro, el barrio de Colomna —exclamó entusiasmada.

—Ah, entiendo —añadió con una mueca de complicidad.

—El barrio de Pushkin, de Dostoievsky… —tarareó, y giró sobre sí misma.

—El lugar donde Rodión Raskólnikov asesinó a la vieja prestamista y a su hermana.

—Me molesta que te acuerdes de las novelas por los asesinos —dijo, y tomándolo por la nuca, lo acercó hacia sí con suavidad y lo besó. De inmediato, le susurró al oído:

—Vamos a ver la casa, cariño.

—Ahora no puedo, espero una visita.

—¿Tardarás mucho?

Litonev consultó su reloj.

—Si ha llegado ya, calcula una media hora.

—Te esperamos viendo caer la nieve y… —Le guiñó el ojo y añadió—: soñando.

Litonev se despidió de ella con otro beso fugaz y regresó por el austero corredor presidido por los cuatro retratos. Cuando llegó a la altura del subteniente, le preguntó:

—¿Ha venido?

Ilich asintió.

—Hágale pasar —ordenó el comandante.

Mientras Litonev entraba en el despacho, el subteniente, con paso desairado, se encaminó hacia la sala de espera para asomarse y, con voz firme, anunciar:

—Camarada Volosov, el comandante le espera.

Una escuálida figura se levantó del asiento con la gorra entre las manos. Caminaba inseguro tras los pasos de Ilich y los gruesos cristales de sus gafas lo convertían en la imagen opuesta de la de un jefe de departamento.

—¿Da vuecencia su permiso?

La fórmula trasnochada, propia del zarismo, hizo que Litonev dirigiera una mirada desconcertada hacia el hueco de la puerta. «Parece un entomólogo», se dijo, al distinguir la bata grisácea que cubría a Volosov hasta las rodillas.

—Pase, camarada.

El hombrecillo obedeció y se quedó inmóvil frente a la mesa de despacho, apretujando la boina entre las manos con tal fuerza que los tendones abultaban debajo de la piel.

—Siéntese, por favor —solicitó el comandante, sorprendiéndose a sí mismo: nunca había pedido «por favor» algo a un subordinado.

Volosov volvió a obedecer, apoyando las manos que aún aferraban la boina entre las rodillas y permaneció en silencio.

—Usted dirá —animó Litonev, pero el hombrecillo continuó callado.

«Sólo le queda responder que no hablará sin la presencia de su abogado», ironizó para sí el comandante.

—Perdone, camarada Volosov —le dijo, alzando el tono—, pero fue usted el que solicitó esta entrevista.

—Es que… no sé por dónde empezar.

—Le ayudaré. Usted no quiso decirle a mi ayudante las razones de su visita. Creo que le expresó la urgencia de exponérmelas en persona.

El hombre asintió y comenzó a temblar.

—Relájese. La Milicia no es la policía zarista.

—Lo sé… Mi hijo… —tartamudeó, al tiempo que sacaba una foto del bolsillo de la pechera del batín—. Véalo usted.

Un muchacho de no más de dieciséis años sonreía desde el papel sepia, luciendo el primer uniforme de la Milicia, allá por el año 1918, cuando León Trotsky la constituyó.

—Esa foto se la saqué yo —dijo con orgullo. De inmediato sacó otra del mismo bolsillo y se la extendió—: Fue un héroe.

Ese retrato era más reciente, y el joven soldado lucía en su pecho la Orden de Lenin.

—¿Quiere solicitar que lo traslademos a las unidades de Leningrado? —especuló el comandante.

—No es posible. Murió.

—Lo siento —expresó Litonev desconcertado—. No termino de entender su…

Volosov guardó con mimo las fotos en el bolsillo del batín, se ajustó las gafas y explicó:

—Tiene que perdonarme, es la primera vez que me encuentro frente a frente con un comandante de la Milicia.

Carraspeó y volvió a colocarse las gafas. Litonev permaneció en silencio, esperando pacientemente durante unos instantes que se le hicieron largos.

—Mi hijo —continuó por fin Volosov— amaba la Milicia de Trabajadores y Campesinos. Estoy seguro de que, si hoy viviese, sería comandante. Es más, usted me recuerda mucho a él…

—¿Cómo murió? —preguntó Litonev para darle confianza.

—Durante la guerra fue capturado por los guardias blancos y lo fusilaron.

El comandante asintió y cerró un instante los ojos en señal de duelo. El otro pareció animarse:

—Yo compartía con él ese amor a la Milicia. Por eso puse a su disposición mis conocimientos.

Sacó otras dos fotografías y se las mostró. En la primera, la Plaza del Palacio de Invierno, abarrotada de revolucionarios, vitoreando a Lenin y a Trotsky situados en la tribuna de oradores y Stalin en el último escalón pegado a los entusiastas seguidores. La segunda era la misma, pero sin Trotsky.

—¿Lo ve? Soy de esos fotógrafos capaces de trucar fotografías y, por tanto, de... —Se inclinó hacia atrás en el sillón, para añadir—: enmascarar la realidad.

Una idea cruzó ahora rauda por la mente de Litonev. El publicista que Dora Fischer recomendaba no era lo único que necesitaría para alcanzar la jefatura: también haría falta que sus rivales no contaran con un buen fotógrafo.

El hombrecillo sacó otras dos fotos y se las tendió al comandante. En la primera se veía a Lenin presidiendo un consejo del Politburó, rodeado de Trotsky, Stalin, Kámenev, Zinóviev, así como de otros dirigentes bolcheviques que Litonev no identificó. En la otra, Lenin y Stalin aparecían en la misma postura y en idéntico sitio. Pero estaban solos.

Mientras Litonev las revisaba, el otro retomó la palabra:

—Cuando las tesis de Trotsky fueron derrotadas y se le condenó al exilio, la NKVD me ordenó borrarlo de todas las fotografías de la Revolución. Aquello no me extrañó: había sido desterrado y se le quería defenestrar...

—Ya, pero los dirigentes que usted ha borrado en esta última son altos cargos del Partido hoy en día... ¿Por qué lo ha hecho?

—Me lo ordenó el NKVD.

El comandante se dejó caer en el sillón. El cigarrillo, consumido casi por entero en el cenicero de porcelana, había sido olvidado. Se pasó la mano por la frente y preguntó:

—¿Por qué me lo cuenta?

—Porque mi departamento depende de la Milicia y, últimamente, parece que lo dirige la NKVD.

—¿Cómo interpreta usted que le hayan ordenado eliminar a esos dirigentes?

—«Interpretar» es cosa de los jefes; yo me limito a informar —respondió tajante.

Me gusta. Comienza a sacar los pies de las alforjas, reflexionó Litonev.

—Este modesto comandante —le preguntó—, ¿ha de *interpretar* algo más?

—Sí.

Con un gesto de mentón, Litonev le animó a continuar.

—Usted ordenó ayer fotografiar un diario…

—¿Tiene algo en contra?

—Nunca estoy ni en contra ni a favor de nada. Me limito a cumplir órdenes.

—Continúe, camarada Volosov —ordenó Litonev visiblemente molesto.

—Ese diario fue fotografiado por el NKVD una semana antes del atentado.

—¿Cómo dice?

—El veinticuatro de noviembre, de madrugada, dos agentes de la Policía Política me sacaron de casa y me trasladaron al laboratorio. Lo que usted solicitó ayer es lo mismo que ellos querían.

—¿Se quedó con los negativos?

—No. También se llevaron.

—¿Está seguro de lo que dice?

—Mire. Los agentes no me dejaban ni a sol ni a sombra, así que se metieron conmigo en el laboratorio. Eran más de noventa fotos y ellos se aburrían. Y comenzaron a jactarse de su hazaña.

—Explíquese.

—Al parecer, Nikolayev había comentado en ciertos círculos íntimos que tenía en su poder un libro que haría tambalear los cimientos del sistema soviético. Lo había escondido, según él, para que no se lo robasen. Bien, más tarde, en mi laboratorio, los agentes comentaron, riendo, que no les había costado nada encontrarlo. Estaba en casa de Nikolayev, detrás del aparato de radio.

—¿Mencionaron de quién cumplían órdenes?

—Sí, del subcomisario Zaporozhets.

«Otra vez él», farfulló para sí el comandante antes de preguntar:

—¿Qué hicieron con el libro?

—Lo colocaron de nuevo en su sitio para que Nikolayev no se diese cuenta de que lo habían descubierto.

«Ese libro no contiene nada más que estupideces de un demente. Delirios de alguien que cree que la realidad es lo que él ve», se dijo Litonev, al tiempo que intuía que el hombrecillo se sinceraba, por lo que volvió a la carga:

—Antes le solicité su opinión sobre la desaparición de dirigentes políticos en las fotos. Me respondió con evasivas. Si le hiciera de nuevo la pregunta, ¿qué me respondería?

—Que ésa es la antesala de su desaparición física.

7
El barrio de Rasputín

El coche rodaba despacio por las calles nevadas del barrio de Colomna en la ribera del Neva. En el interior, Nadezhda, con el bebé entre sus brazos, lucía una enorme sonrisa mientras, con la frente pegada al cristal, contemplaba el desfile de fachadas de los edificios decimonónicos. A su lado, el comandante mantenía un gesto grave. Se había comprometido con su mujer a acompañarla hasta la nueva vivienda, pero su mente se encontraba muy lejos de allí. Sus pensamientos danzaban desde las declaraciones que escuchaba o leía a los dos charcos de sangre en el piso del Soviet, pasando por las páginas de un diario repleto de fruslerías al que un demente elevaba a la categoría de libro.

—Es aquí, camarada comandante —dijo el chófer al detener el vehículo.

Su mujer saltó del auto rebuscando en los bolsillos el manojo de llaves. Litonev se quedó un instante inmóvil sobre la acera mirando alrededor. «Es el maldito Palacio de los Príncipes Yusupov», se dijo al identificar el frontis amarillento de un edificio. Pero calló, pues temía el reproche de Nadezhda de que sólo se acordaba de los lugares por sus asesinatos. Además, recordar en ese momento de satisfacción el cuerpo envenenado de Rasputín flotando en el Neva se le antojaba, como mínimo, algo propio de agoreros.

Nadezhda se sacudió la nieve de los zapatos y entró en el edificio rebosante de entusiasmo. El comandante se limitó a seguir en silencio a su mujer, que corría por los amplios peldaños de madera sin tocar la barandilla herrumbrosa de forja pintarrajeada de negro. El hall de entrada le resultó excesivamente caluroso; a los pocos minutos ya se desprendía el primer botón de la camisa reglamentaria y se pasaba la lengua por los labios resecos. El amplio hueco de la escalera le informaba de las cinco alturas del edificio.

Al llegar al último piso, Nadezhda se dirigió sin dudar a la puerta de la derecha. La abrió y se introdujo de inmediato sin esperar a su marido. Tras ella, una de las hojas del portón había quedado entreabierta; Litonev la empujó con suavidad y un amplio pasillo pintado de cal con techos altos se presentó ante él. Su mujer correteaba de habitación en habitación admirándose de todo lo que veía. El calor y el olor a cerrado asfixiaban al comandante, por lo que atravesó la primera sala en dirección al ventanal, sin reparar apenas en el estilo italiano de los muebles, ni en el piso recién encerado o, menos aún, en las cortinas de muselina que apartó de un manotazo para acceder al mirador.

Al fondo, más allá de la cúpula de la Catedral de San Isaac, el Báltico no había perdido su colorido verde azulado y contrastaba aún más con las aguas heladas del Neva, cuya superficie todavía no presentaban fisuras. Encendió un cigarro y, después de la primera calada, su vista se clavó en el estuario, pero su recuerdo navegó diecisiete años atrás: al momento en el que la corbeta *Aurora*, anclada en el muelle, disparó su cañón de popa. Era la señal que indicaba el comienzo de la Revolución y el asalto al Palacio de Invierno. A las nueve y cuarenta y cinco minutos de una escarchada mañana del 25 de octubre comenzó una nueva era en su patria, una era de la que él se sentía protagonista.

Desde entonces, todo el mundo conocido había cambiado. Hasta el propio barrio de Colomna transformó su estampa. Habían desaparecido aquellos pequeños burgueses con chalecos de nanquín y corbatas de plastrón paseando entre borrachos y vagabundos que, indiferentes a la estética, ocupaban los portales de las tabernas. Además, el invierno había desterrado los hedores de las bodegas, el polvo de la cal y el vapor nauseabundo de las aguas grisáceas de los canales. Del otoño, tal vez, sólo quedaban los andamios en las fachadas de las obras pendientes.

—Igor, ¿qué haces con la ventana abierta?

La voz de Nadezhda, a su espalda, lo alejó de sus reflexiones. Arrojó la colilla a la calzada y durante un segundo contempló el rizo con que se despedía en su caída. Cuando los restos del cigarro expiraron en la nieve, se giró. Ella, impaciente, lo agarró por el brazo y lo introdujo en el salón, recriminándole:

—¿No ves que el niño puede coger frío?

—Lo siento, pero el calor es excesivo.

—¿Será por la calefacción? —ironizó Nadezhda, señalando dos tubos que recorrían las aristas del techo.

—Veo que te ha gustado la casa —dijo Litonev, y le acarició la sonrosada mejilla con el dorso de la mano.

De inmediato, las pupilas del color de las aguas del Báltico parecieron centellear. La mujer lo agarró del brazo y le exhortó:

—Recórrela conmigo, anda.

El comandante, en silencio, comenzó a seguirla mientras ella hablaba:

—Aquí pondremos la habitación de Iván...

Era una sala empapelada de amarillo con techos blancos y, por todo lujo, una cama pequeña escoltada por dos mesitas.

—Ésta será la nuestra.

Así continuó enseñándole las otras tres habitaciones, la cocina y el salón. No había polvo en los muebles, lo que indicaba que el Comisariado había ordenado limpiarlos momentos antes. Por fin, Nadezhda llegó hasta una última puerta cerrada y, girando el pomo, dijo:

—Ahora, una sorpresa.

Le recibió un aseo amplio con lavabo, inodoro y bañera color azul.

—Igor, ¡tenemos baño individual! —exclamó ella y le besó en la boca.

Él pasó el brazo por la cintura de su esposa y la acercó. Ella posó suavemente la cabeza en su hombro para susurrar:

—Es como una dacha.

—Más bien la antigua vivienda de algún aristócrata de bajo rango.

—Qué manía tienes de quitarle el encanto a todo.

Él sonrió y, acariciándole los cabellos pelirrojos, le sugirió:

—Quédate, si quieres. Luego vengo a recogerte. Pero yo…

—Ya sé que tienes mucho trabajo. —Y hundió un poco los hombros, para erguirse de nuevo y añadir veloz—: Un minuto, sólo te pido un minuto.

Ella le condujo hasta una estancia recargada de muebles victorianos y le indicó que se sentase en el butacón que la presidía. Litonev, sonriente, obedeció. Nadezhda se acurrucó a su lado y musitó:

—Criaremos una familia… dos… tres niños… Esta casa… Soy tan feliz, Igor.

—¿Te añado otra buena noticia? —preguntó ampliando la sonrisa.

—¿Cuál? —Y se incorporó.

—Me han dicho que mi nombre suena como comandante en jefe de la Milicia de Leningrado.

—¿Tú?

Sus labios quedaron colgando. Él asintió y, acariciándole de nuevo el pelo, la acercó.

—¿Y Ulianov?

—Está enfermo y los médicos… —Se mordió el labio inferior y negó con la cabeza.

—Pero Yurov, Mendelev… llevan más años que tú.

—Me han dicho que su posición timorata ante la Revolución no les beneficia.

—¿Ya es seguro?

—De momento son rumores, pero doy credibilidad a la fuente de información.

—Entonces… —balbuceó Nadezhda—, esta casa…

—No lo sé. Es posible que sea un indicio de mi próximo nombramiento.

El comandante se inclinó hacia atrás en el sillón y sacó el paquete de Lucky Strike. Encendió uno y, con gesto distraído, preguntó:

—¿Cuánto hace que no frecuentas a los partidarios de Trotsky?

—Tú lo sabes: desde que nos prometimos —respondió segura, pero de inmediato añadió—: ¿Por qué me lo preguntas?

—Por si hay una comisión de…

—¿Una comisión de investigación? —le interrumpió, incorporándose de pronto frente a Litonev.

—Calma —dijo él, y palmeó el asiento para que se sentase de nuevo. Luego aclaró—: Me refiero a una comisión de evaluación.

Ella, lentamente, regresó a su lado y volvió a posar la cabeza sobre su hombro.

—Igor, ¿crees que mis simpatías por la Oposición de Izquierdas te pueden perjudicar?

—No lo sé —señaló, y le rozó con un dedo la barbilla antes de añadir—: Además, me da igual. No me interesa ser el jefe de la Milicia si ponen en duda tus opiniones políticas.

—Te quiero, Igor. —Y lo besó.

Litonev arrojó la ceniza en una maceta donde malvivía un marchito geranio.

—¿Qué sabes de Yuriv? —preguntó

—Sigue en los astilleros —informó Nadezhda.

—Me refiero a su actividad política.

—Ya conoces a mi hermano.

—¿Lo has visto últimamente?

—Hace unas horas. Camino del trabajo pasó a ver al niño —balbuceó.

—¿Habló de Kirov?

—Sí —afirmó, incorporándose, y luego alegó, como excusándose—: Pero ya sabes que él lo ve todo en términos de conspiraciones.

—Me interesa su opinión.

Nadezhda contempló desconcertada a su marido. Era la primera vez que aseguraba algo así. Hasta entonces había despreciado los argumentos de Yuriv, centrados en una hipotética traición a los contenidos revolucionarios.

—Dijo que aunque Kirov y Stalin eran amigos, todos sabían que la mayoría del Partido prefería a Kirov y que...

—Ya, que lo mataron los partidarios de Stalin.

Nadezhda asintió y, tras sacar un Lucky Strike del paquete, se dirigió al ventanal. Encendió el cigarro, y pegó su frente al cristal. Su mirada se perdió por encima de la cúpula dorada de la Catedral de San Isaac, en un punto lejano en el que el cielo tocaba el Báltico.

—La próxima vez que veas a Yuriv —cortó el silencio Litonev—, ¿puedes preguntarle algo?

Ella asintió sin apartarse de la ventana ni retirar su vista del horizonte.

—Pregúntale con quién mantienen contactos Zinóviev y Kámenev —prosiguió él—, si con la Oposición de Izquierdas o con Stalin.

Nadezhda se giró despacio. Una lágrima recorría su mejilla cuando preguntó:

—¿Qué está pasando, Igor?

No pudo responder, pues alguien golpeó a la puerta.

Litonev se dirigió a zancadas rápidas por el pasillo y abrió una de las hojas.

—¿Qué ocurre, subteniente Ilich?

—Perdone que le moleste, pero…

Litonev se apoyó el índice extendido sobre los labios y salió cerrando la puerta tras de sí con suavidad.

—Es que mi hijo duerme —dijo en el descansillo. Y, con un movimiento de cabeza invitó al subteniente a explicarse:

—Ha llamado el alcalde. Van a instalar el féretro con los restos de Kirov en el Palacio de Invierno.

—¿Cuándo?

Ilich consultó el reloj:

—Dentro de una hora y cuarenta minutos.

—¿Dijo algo más?

—Sí, que el camarada Stalin había salido esta mañana desde Moscú acompañado del Politburó con la intención de presentar sus honores a Kirov.

—¿Cuándo llegará?

—En dos horas.

—Hay que…

—Como usted no estaba, me he permitido solicitar a los capitanes Leiv y Sukarov que preparen dos compañías.

—Dos, bien. Una de infantería y otra de caballería.

El otro asintió y susurró:

—El alcalde también ordenó que usted se ubique a su lado, como… —Y el subteniente dio un taconazo.

Litonev, por su parte, no pudo disimular su gesto de extrañeza. Entonces, Ilich continuó:

—… Jefe accidental de la Milicia.

8
EL BESO DE STALIN

KIROV REPOSABA —con los brazos extendidos a lo largo del cuerpo— en un ataúd pardo de pino, rodeado de flores de cerezos de Manchuria y de otras, blancas y moradas, de los almendros tardíos de Ucrania. A falta de un nuevo protocolo soviético en los entierros, el número de flores era par, como marcaba la tradición rusa. El impar siempre se había reservado para los nacimientos y las bodas.

Delante del féretro, María Lvovna, la viuda, de riguroso negro, sollozaba con los ojos enrojecidos. Al fondo, como escoltándolo, los dirigentes del Partido en Leningrado; el único ausente era el Secretario General, que en aquel momento esperaba a la delegación de Moscú en la estación del ferrocarril. A la derecha del féretro, dos hombres flanqueaban al alcalde: Drijanov, el jefe de la NKVD en la ciudad, e Igor Litonev, comandante jefe de la Milicia. En una segunda línea aparecían los subjefes de ambas organizaciones armadas, con los concejales del Ayuntamiento.

De vez en cuando, Litonev lanzaba miradas furtivas a Zaporozhets, como si intentase detectar algo en sus gestos. Sin embargo, probablemente ni él mismo supiera lo que buscaba en el inexpresivo rostro enjuto del subjefe de la Policía Política.

Habían dejado libre el frontal y el lateral izquierdo del féretro, caras que daban al corredor por donde ingresarían Stalin y el Politburó, desde la puerta principal.

En el exterior, dos compañías de la Milicia se habían desplegado formando un pasillo a lo largo de los ciento cincuenta metros de frente del Palacio de Invierno, impidiendo el acceso a la multitud arremolinada y portando flores, velas e imágenes de Kirov, y que empujaba a empellones las espaldas de los soldados. El resto del perímetro era recorrido por milicianos a caballo que iban a paso de hombre, en rondas que se sucedían, monótonas, sin interrupción.

El silencio dominaba aquel crepúsculo sin luna en el que los rayos del cielo purpúreo se lanzaban sobre la sombra negra del Báltico, algo que a Litonev le recordó los anocheceres en que, recién prometidos, Nadezhda y él entraban en el Malecón del Palacio para contemplar la isla Vaslevski recortada en el horizonte y en medio del delta.

Se oyeron aplausos y gritos, al unísono con el taconazo uniforme de dos centenares de soldados. Sin ver lo que ocurría en el exterior, las autoridades que custodiaban el féretro lo adivinaron: Stalin y el Politburó habían arribado a la plaza y avanzaban entre el gentío.

El cortejo llevaba abrigos y *ushankas* grises y *sapigis* negras, las botas altas que se habían puesto de moda entre los jefes soviéticos. Después de recorrer el predio, el primero en subir los peldaños de acceso al Palacio de Invierno fue Stalin. Se detuvo un momento en lo alto y se giró muy lentamente, con las manos enguantadas metidas en los bolsillos. Permaneció inmóvil contemplando a la multitud en silencio, pero su postura equivalía a una afirmación: «Aquí me tenéis, sin miedo a nada».

Rompiendo cualquier protocolo, Stalin avanzó en vanguardia de su séquito, como el ave rapaz que guía a la bandada desde la punta de la flecha camino del trópico. Al llegar a la altura del cuerpo de Kirov, se detuvo y abrazó a María Lvovna durante un momento largo. Luego la apartó con suavidad y, volteándose hacia el cadáver, cruzó las manos con los brazos extendidos, inclinó la cabeza sin desprenderse de la *ushanka* con la estrella roja de cinco puntas y se quedó inerte.

Litonev notó que Stalin movía los labios; los vaivenes de su bigote le delataban. Si en ese momento le hubiesen tomado juramento, el jefe de la Milicia hubiese asegurado que el Zar Rojo oraba. De inmediato, desterró esa idea de su mente. Lo que no pudo evitar fue repasar su estampa. Le pareció más bajo que en las fotografías y de movimientos toscos. De pronto un gesto de Stalin le obligó a fijarse aún más en él. Había cogido una flor y la depositaba con suavidad en el pecho de Kirov. Una lágrima descendió perezosa por el pómulo izquierdo. Se quitó la *ushanka* y se inclinó hasta que rozó con el suyo el rostro de Kirov. A continuación, le besó en las dos mejillas. Los flashes de las cámaras —que desconcertaron a los presentes, ya que los fotógrafos se habían apostado con sigilo a la entrada del Palacio de Invierno— captaron el instante.

El comandante no había acudido al funeral de Lenin en el Kremlin, pero había leído sobre ello en el *Pravda*, y decenas de asistentes se lo habían narrado con profusión. Por ello no pudo evitar percatarse de que Stalin había repetido el ritual. También había derramado una lágrima por Lenin.

—Borisov no ha venido. ¡Qué extraño! —murmuró alguien cerca de Litonev.

Tal vez la ausencia del guardaespaldas y amigo personal de Kirov resultara insólita para otros, pero no para el comandante. «Conociéndole, se habrá culpado del asesinato y estará llorando su falta», se dijo. Litonev hubiese querido tranquilizarlo, consolarlo, asegurándole que, en efecto, nadie habría sospechado de una llamada desde el Kremlin.

El público comenzó a acercarse al féretro avanzando en dos filas ordenadas por los soldados. Los dirigentes del Politburó, siguiendo a Stalin y a la viuda, entraron en el Palacio, alejándose de la muchedumbre. Detrás habían quedado las autoridades locales.

—Kirov permanecerá aquí dos días —anunció el alcalde a Litonev—. Luego lo llevarán a Moscú para un funeral de Estado. Tenga todo previsto.

El comandante asintió.

Poco a poco, los gobernantes se alejaron del féretro y dejaron el hueco a una población deseosa de presentar sus respetos. A la salida, detrás del alcalde se alineaban Drijanov, el chaparro jefe de la NKVD en la ciudad, y Litonev. Les seguía el enjuto Zaporothets.

—Recuerde que la investigación nos corresponde en exclusiva —comentó Drijanov, como al descuido, mientras se enfundaba los guantes.

El comandante de la Milicia se volvió hacia él y, sin alterarse, contestó:

—No ha de recordarme mis obligaciones. Las conozco perfectamente.

—Entonces —añadió el jefe de la NKVD, sin apartar la vista de sus manos, como si le costase calzarse el guante—, explíqueme qué hacen sus hombres de acá para allá formulando preguntas a todo bicho viviente.

—Con mis respetos, camarada Drijanov, recuerde que el presunto asesino de Kirov era un soldado de la Milicia. Es mi obligación abrir una investigación interna.

—¿Entra dentro de esa investigación interna que sus detectives molesten a las bailarinas del Ballet de Leningrado?

Le había faltado tiempo a su amante para informar al viejo zorro. Litonev se limitó a esquivar la pregunta.

—No lo creo. Seguramente investigan algún robo en el teatro a algo así. He de enterarme.

—Eso, entérese.

—Así lo...

—No se olvide de que todo lo que averigüe sobre el atentado es de nuestra competencia y ha de ponerlo de inmediato en mi conocimiento.

—Y todo lo que ustedes sepan sobre la Milicia han de comunicármelo —indicó severo Litonev.

El otro, quizá recordando que hablaba con el nuevo comandante en jefe de la Milicia, resopló sin contestar.

—Por ejemplo —continuó Litonev, impertérrito—, tal vez me pueda decir qué hacía un revólver que figuraba como propiedad de ustedes en manos de un soldado expulsado de la Milicia.

La gruesa y pequeña figura de Drijanov aceleró el paso y se alejó en silencio, pero, en su lugar, el subjefe se arrimó al comandante miliciano y le recomendó:

—No creo que éste sea el momento más adecuado para tratar ese tema.

—¿Cuándo cree, camarada subcomisario Zaporozhets, que lo será?

—Otro día. —Y se alejó.

Treinta minutos después, el comandante se escurría del ágape, de las autoridades, de la Policía Política y de los dirigentes del Partido y se dirigía a los soportales del Palacio. Aquellas horas sin saborear un cigarro se le habían hecho larguísimas. Por otra parte, mostrar un Lucky Strike delante de ellos habría sido un suicidio.

Encendió el pitillo y se relajó. Dirigió la vista hacia la plaza. Una fila interminable de ciudadanos portando velas, retratos y flores, se perdía en el horizonte de la noche sólo iluminada por diez pebeteros con aceite de ballena ubicados en los bordes de la plaza. «Ha debido venir todo Leningrado», supuso al dar la segunda calada.

—¿Permites que te acompañe? —preguntó, detrás de él, una voz conocida.

—Hola, Dora —dijo el comandante sin voltearse.

La periodista se apoyó en una columna al tiempo que encendía un pitillo con la mirada en la multitud. Luego le tendió dos cajetillas de Lucky Strike.

—Toma, sospecho que ya te quedarán pocos.

El comandante las guardó en el bolsillo del abrigo. A continuación, le preguntó:

—¿Quién dejó pasar a la prensa?

—Teníamos permiso del propio Stalin para acompañar al cortejo desde la estación.

—Lo suponía.

—¿Te ha creado algún problema?

Litonev negó con la cabeza. Si conocía bien a la periodista norteamericana, aquel encuentro no era casual, pero no dijo nada. Se limitó a esperar sus peticiones dando otra calada. Al momento, la reportera metió la mano en la mochila y sacó un pequeño paquete, que tendió al comandante.

—Supongo que hace mucho tiempo que no le haces un regalo a tu mujer —le dijo.

Litonev recogió el envoltorio y lo miró. Eran unas medias fabricadas en Estados Unidos.

—Son de nailon —informó la reportera, para añadir—: Ya sabes que casi no hay de seda desde que Japón cerró…

—¿Qué quieres ahora, Dora? —la interrumpió Litonev, al tiempo que guardaba la mercancía junto a los cigarrillos.

—Que me dejes acompañarte.

—¿Acompañarme? ¿A dónde?

—Al lugar del accidente.

—¿De qué accidente hablas?

La periodista se detuvo desconcertada. Frunció el ceño y especuló:

—Ah, ya. No me había dado cuenta de que llevas cuatro horas sin salir del Palacio.

—Explícate —exigió él mirándola a los ojos.

—Me refiero al accidente de Borisov.

—¿Borisov? ¿Qué accidente ha sufrido?

—Al parecer, el vehículo en donde los agentes de la NKVD lo llevaban a interrogar volcó.

—¿Dónde?

—A las afueras de la ciudad, camino del cuartel general de la Policía Política.

—¿Sabes a qué hospital lo trasladaron?

Dora inclinó la cabeza, arrojó la colilla y la pisó. No respondió de inmediato. Cuando lo hizo, su voz era grave:

—Borisov ha muerto.

9
Tovarich Borisov

El coche de la Milicia, conducido por el chófer oficial del comandante —un hombre condenado al silencio de todo cuanto oía y veía, hasta tal punto que, excepto porque el vehículo circulaba, nadie notaba su presencia—, se encaminaba con precaución hacia el oeste de la ciudad. Su destino se encontraba en el último cruce antes de enfocar la carretera que llevaba hasta Petrodvorets y su hilera interminable de palacios. En el asiento trasero iban la periodista norteamericana, cuyo cabello revuelto parecía haberse erizado, y un Litonev muy pálido, como si le hubiesen extraído toda la sangre.

Borisov no sólo era uno de sus mejores milicianos, sino que un vínculo fraternal los había unido en la guerra civil contra los Blancos. El dolor le apretaba la garganta al recordar que fue él mismo quien lo eligió como guardaespaldas del secretario general del Partido. Borisov también había llegado a trabar una gran amistad con Kirov, después de que Litonev lo destinara al Soviet.

«En la furgoneta, además de Borisov, iban tres agentes de la NKVD y un soldado de la Milicia», había informado Ilich por teléfono. «Conducía el soldado que presenta heridas en la cabeza y en el tórax, y está inconsciente. Los policías políticos han salido ile…». «¡Quiero sus nombres!», ordenó el comandante fuera de sí.

—Litonev, pensaba si…

Las palabras de Dora fueron nuevamente interrumpidas por un gesto del comandante, que alzó las cejas para ordenarle silencio. Después, con un movimiento apenas perceptible del mentón, señaló al chófer. La reportera entornó los párpados y cambió el rumbo de la conversación.

—Este coche parece muy robusto —comentó.

A continuación se incorporó y preguntó al chófer:

—¿Es de la planta automotriz de Moscú?

—Sí, señora.

—¿De qué año?

—Es del treinta, de la primera tanda de producción.

—¡Ah! O sea que es uno de los famosos veinticuatro mil fabricados con el Primer Plan Quinquenal.

—Efectivamente, señora.

—Eso es lo que admiro de su economía. En mi país, desde el veintinueve, estamos inmersos en una crisis de la que no sabemos cómo despegar. —Sonrió para añadir—: Bueno, los banqueros despegan bien, pero aterrizan mal.

Indiferente a la ironía de Dora y ajeno a la conversación entre los dos, Litonev pegó la frente al cristal y, ante la oscuridad blanqueada por la ciudad cubierta de nieve, recordó el último intercambio de impresiones con el subteniente. «Envíe de inmediato al lugar a los *operativniks* con Markus al frente», le había ordenado. «¿Para un accidente de tráfico?», dudó, desconcertado, Ilich. «Ya decidiré yo si es o no un accidente», cortó Litonev.

De repente, notó que un juego de luces iluminaba el camino. Provenían de vehículos y linternas que enfocaban un furgón empotrado contra la fachada de una casa. Volcado sobre su lado derecho, sus cuatro ruedas miraban hacia la carretera. El vehículo que transportaba a Litonev y a Dora Fischer se orilló en la margen opuesta.

El comandante descendió del auto. Distinguió la figura gruesa de Markus dirigirse hacia él con pasos inseguros a través de la calzada nevada.

—Camarada...

—Informe —cortó Litonev.

—Si me acompaña, lo verá usted mismo.

El comandante asintió y siguió al detective hacia el furgón volcado. Al llegar, Markus enfocó la luz de la linterna hacia los asientos laterales de la caja.

—Ahí viajaba Borisov, con dos agentes de la NKVD.

—Dirija la luz a las protecciones.

Markus obedeció.

—Necesito más luz —dijo el comandante.

El jefe de detectives gesticuló llamando a tres soldados.

—Iluminen la caja —les ordenó Markus.

Litonev se arrimó al furgón y repasó despacio el piso de la parte trasera y las defensas laterales.

—No veo sangre —señaló el comandante, desconcertado.

—No la hay.

—Entonces, ¿dónde se golpeó Borisov?

—No lo sé —negó Markus meneando la cabeza—. A lo mejor con la luz del sol vemos alguna señal.

—Cuando usted ordene... —dijo un sargento de la Milicia dirigiéndose al detective. Markus asintió y el otro gritó—: ¡Adelante!

Una cadena enganchada a los ejes del furgón se tensó, y los motores de dos vehículos rugieron. El todoterreno se irguió lentamente y, por fin, sus cuatro ruedas se asentaron de golpe sobre la calzada.

El comandante arrancó una linterna a uno de los soldados y se encaminó con prisa hacia la cabina. Abrió la puerta con dificultad, apoyó un pie en el estribo y se impulsó para sentarse en el puesto del conductor. Iluminó el habitáculo. Había sangre en el volante y en el salpicadero.

—Esto explica los golpes en el pecho y la frente —murmuró.

Revisó detenidamente la cabina y abrió la guantera. Nada. Era extraño. No había ni un papel mal colocado: como si lo hubiesen limpiado todo.

Se asomó al ventanuco y preguntó a Markus:

—¿Interrogó a los habitantes de la vivienda?

—Sí. Declararon que después del impacto salieron y descubrieron al conductor inconsciente en la cabina. El cuerpo de Borisov se hallaba en el suelo…

—¿Había salido despedido?

—No. El lugar indicaba que había rodado por la caja.

—Siga.

—Los agentes de la NKVD les exhortaron a que regresaran a su casa, asegurándoles que ellos se encargarían de todo. A los pocos minutos llegaron varios coches y evacuaron al herido y al muerto.

—¿Tienen teléfono en la casa?

Markus negó con la cabeza.

—Entonces, ¿cómo pidieron los refuerzos? ¿Cómo llegaron tan rápido?

—¿Piensa que estaba preparado? ¿Una comedia?

—Tal vez. —Litonev se acarició la barbilla, se humedeció los labios con la lengua y repitió—: Tal vez.

A continuación descendió del vehículo. Nada más colocar las botas en el suelo, estiró el abrigo y se ajustó la *ushanka.* Dora Fischer se acercó a él cámara fotográfica en mano.

—¿Puedo? —preguntó, alzándola un poco.

Una indicación del comandante le dio el pistoletazo de salida y el flash se disparó como una ametralladora, iluminando todos los rincones del furgón siniestrado. Litonev encendió un cigarro, dio una lenta calada. Su mente parecía repasar la trayectoria del vehículo y los movimientos de sus ocupantes. Su lógica de veterano *operativnik* reconstruyó el siniestro paso a paso. Después, como si la nicotina le hubiese devuelto la paz, preguntó a Markus:

—¿Dónde está el cuerpo de Borisov?

—En el Anatómico Forense de…

—¿Los otros?

—El soldado sigue inconsciente en la Residencia de la Milicia y los agentes de la NKVD han acudido a la Central a redactar el informe.

—Quiero el nombre de esos agentes. Y en cuanto el conductor recupere el sentido que preste declaración.

Markus anotó algo en su libreta.

—¿Quiere que le informe ahora sobre las bailarinas…? —le preguntó.

Litonev resopló, bajó los párpados y, con un movimiento de cabeza, le animó a continuar.

—La amiga de Kirov, de lo histérica que se encontraba, apenas podía hablar. Nos dijo que Kirov nunca le había dicho que estuviese amenazado y aseguró que los días anteriores no había visto nada fuera de lo normal.

—¿Le enseñaron la foto de Nicolayev?

—Sí, pero no lo reconoció.

—¿Qué me dice de la amiguita del jefe Drijanov?

—Ésa es otro cantar. Se negó a hablar con nosotros y nos amenazó con contarle a Drijanov sobre nuestro «acoso».

—Ya cumplió su amenaza.

Ante el gesto de desconcierto de Markus, el comandante añadió:

—No se preocupe, ustedes cumplían mis órdenes.

Dora se arrimó a ellos. Apretaba la cámara con manos firmes.

—En cuanto las reveles —le dijo el comandante—, quiero una copia.

La reportera asintió y se introdujo en el vehículo. Litonev se volvió entonces hacia Markus.

—Voy hasta el Anatómico —le informó—. Si hubiese alguna novedad, ya sabe dónde encontrarme.

El jefe de detectives se cuadró al despedirse y se alejó hacia los soldados que rodeaban el furgón siniestrado. Por su parte, el comandante se sentó junto a Dora en el coche oficial e informó al chófer de su destino.

—¿Cuándo necesitas las fotos? —preguntó ella.

—Lo antes posible.

A continuación se quitó las manoplas y pegó la frente al cristal de la ventanilla. Las calles de Leningrado pasaban despacio ante su mirada, llenas de recuerdos de la niñez. Excepto un viaje a Moscú y la persecución de la Guardia Blanca por las estepas siberianas, no conocía más parajes que los de su ciudad repleta de monumentos y canales, mudos para él en esos momentos. La Fortaleza de Pedro y Pablo, iluminada con luz eléctrica, se le antojó una burla a su desdicha, como si todas las generaciones de Romanov enterradas en sus sótanos se rieran de él en esa noche repleta de incógnitas con un viejo amigo muerto.

—Comandante…

La voz del chófer le indicó que habían llegado al edificio del Anatómico Forense. Litonev salió del auto sin pronunciar palabra. Dora Fischer, con la cámara en bandolera, se apresuró a darle alcance y ambos se dirigieron con paso firme hasta la entrada.

La puerta se encontraba cerrada. El jefe de la Milicia la aporreó con fuerza, una, dos, tres veces. No se oyó ningún movimiento en el interior. Dio otros dos golpes. De repente una de las hojas del portón comenzó a moverse. Un hombre asomó su rostro sin afeitar y sus ojos se clavaron en las divisas de la *ushanka* del comandante.

—¿Otro cadáver? —preguntó adormilado.

—No —respondió Litonev y añadió—: Queremos ver el cuerpo que le han traído hace un rato agentes de la NKVD.

—¿El del accidente de tráfico?

El jefe miliciano asintió. Por alguna extraña razón, se le antojó que el forense de guardia había pronunciado la palabra «accidente» con cierto retintín.

El galeno, cubierto con una bata blanca sobre un abrigo raído, les franqueó el paso y los dos lo siguieron por un pasillo grisáceo, apenas iluminado por unos quinqués colgados de la pared y separados cinco metros entre sí. Después descendieron por una rampa amplia —seguramente, se dijo Litonev, la utilizada para bajar las camillas—, y llegaron hasta una sala oscura. El forense se acercó a un mango de madera con tres interruptores; al accionarlo, saltó una chispa al tiempo que el recinto se iluminaba. Cinco camillas con cuerpos tapados por sábanas reposaban en medio de un local de paredes color plomo. En un lateral, el repiqueteo de un grifo goteando sobre un lavabo retumbaba en la sordina de la morgue.

El forense se encaminó hacia la primera camilla y, tomando el borde de la sábana, destapó el cuerpo.

—¿Se refería a éste?

El comandante asintió. El médico, al notar cómo se marcaban los músculos de las mandíbulas de Litonev, se retiró prudentemente. El jefe de la Milicia avanzó hasta quedar pegado a la camilla.

—Supongo que usted me podrá decir a quién hay que entregar sus efectos personales —dijo el forense, después de unos instantes, colocando una caja de cartón junto al comandante.

Litonev lanzó una mirada rápida al interior: la ropa plegada, las botas, la cartera, un bolígrafo y un pequeño recipiente cilíndrico de latón. Lo recogió, extrañado ante la idea de Borisov mascando tabaco, y desenroscó la tapa. Sin embargo, el contenido le intrigó aún más: se trataba de una cinta que parecía de papel. La rozó con el índice.

—Vaya, no sabía que en el país de los Soviets estuvieseis tan adelantados.

El comandante giró bruscamente el rostro hacia Dora Fischer, interrogante.

—Es una cinta de grabación de acetato de celulosa —se explicó ella—. La empresa alemana AEG Telefunken las tiene a prueba desde hace un par de años.

—¿Quieres decir que aquí puede haber algo grabado?

—Es posible, pero para escucharla no sirven los viejos cacharros que leen cintas magnéticas de metal.

—¿Dónde podemos encontrar uno de los nuevos?

—Yo los uso. Tengo uno en el hotel.

Litonev le entregó la cinta y dirigió de nuevo la mirada al cuerpo de Borisov. El pecho y el abdomen presentaban varios hematomas. Uno de ellos le evocó el contorno de la culata de un fusil. Litonev giró la cabeza del guardaespaldas. Dos golpes en la nuca sin apenas sangre alrededor. Volteó el tronco; más hematomas cubrían la espalda por entero. El flash de la cámara comenzó a iluminar el cadáver, mientras Fischer se movía con agilidad alrededor.

—El accidente no fue la causa de la muerte —murmuró Litonev.

—A no ser que el cuerpo bailase como un muñeco de trapo de un lado para otro —dijo el forense, calzándose las gafas.

—¿Cuál será su informe?

—No habrá informe, comandante. Si la NKVD dice que murió en un accidente de tráfico, es que murió así.

Litonev sacó el paquete de Lucky Strike, los ojos del forense se clavaron en la cajetilla. El comandante le ofreció un cigarro, que el otro aceptó de inmediato. Después de la primera calada, Litonev comenzó a hablar con parsimonia:

—Supongamos, sólo supongamos, que la Policía Política no hubiese sido quien le trajo este cuerpo. En ese caso, ¿cómo diría que falleció?

El médico sacó una petaca con vodka y se la tendió. Litonev la rehusó con un gesto de la cabeza, y el médico se giró hacia Dora, quien la cogió para darle un sorbo largo y limpiarse los labios con la manga del abrigo antes de devolvérsela. A continuación, bebió el forense: tres tragos seguidos sin respirar. Bajó despacio la petaca, dio otra calada y, mirando al cuerpo de Borisov, dijo:

—Explotó por dentro.

—Perdone, no le entiendo.

—Es fácil, comandante. Este hombre recibió treinta y dos golpes con culatas de fusil y doce puntapiés. Ninguno de ellos por sí solo hubiese sido mortal, si exceptúo los de la nuca, pero todos juntos en un periodo corto de tiempo debieron destrozar el hígado, el bazo... provocar hemorragias internas... Una especie de bombardeo.

—Luego... el accidente...

—Cuando se produjo, este hombre ya había muerto.

10
La cinta

«Esos hijos de puta lo van a pagar», se repetía Litonev, con las manos apretando el borde inferior del asiento trasero. «¿Por qué lo harían? ¿Desquite por no haber protegido bien a Kirov? No, no puede ser eso. Aquí se cuece algo más».

A su lado, Dora exhalaba aliento sobre la cámara fotográfica y le pasaba con mimo un trozo de algodón. Enseguida se detuvo, observó la cámara con gesto satisfecho y la guardó en la mochila. Luego, tras meter el trozo de algodón en un bolsillo del abrigo, sacó de allí la cajita de latón.

—Así que en la Milicia no tenéis aparatos para escuchar esto.

El comandante negó con la cabeza.

—¿Y la NKVD? —insistió en saber ella.

—Ignoro lo que pueden o no tener esos cabrones.

Dora le recordó, ladeando un poco la cabeza, que no se encontraban solos. Litonev asintió y dirigió la mirada hacia el exterior, pero la noche cerrada sólo le permitía distinguir su reflejo. Al día siguiente debía ir a visitar al jefe Drijanov y aclarar todo aquello. Los agentes de la NKVD no podían actuar ajenos a la ley del Soviet. Habrían de responder por ello.

El coche pasó por delante de la estación del ferrocarril. Había gente, con petates y bultos, arrodillada o paseando envueltas en mantas. El aliento que exhalaban sus bocas indicaba que el frío no había mermado. Litonev consultó el reloj. El expreso nocturno a Moscú estaba al llegar. Una pareja de la Milicia pasaba delante de los pasajeros en su ronda nocturna sin prestarles atención.

Al cabo de un par de minutos, el coche se detuvo en la puerta del hotel. Un portero con uniforme azul y gorra de plato, engalanado con entorchados, tal vez robados a un mariscal zarista, salió a abrirles la puerta.

—Míralo —susurró Dora a su lado—. Parece que no habéis avanzado nada con la Revolución.

El comandante no le respondió. En cambio, se dirigió al chófer para ordenarle que no le esperase. Entonces el vehículo se incorporó a la calzada con precaución y se alejó.

En la acera, el portero cargó con la mochila de la reportera y les indicó que caminasen delante de él. Apenas habían comenzado a andar, cuando un claxon insistente, que sonaba cada vez más cerca, les obligó a voltearse. Era un coche que avanzaba a toda velocidad apagando y encendiendo las luces. Cuando frenó a su lado, Litonev distinguió el emblema de la Milicia pintado en el capó. La portezuela se abrió y, sin apagar el motor, el joven y nervudo detective Mijalik saltó sobre la nieve con un papel en la mano.

—Camarada comandante —dijo, al tiempo que le tendía el folio—, estos son los agentes de la NKVD que escoltaban a Borisov en el momento del accidente.

El jefe de la Milicia leyó para sí los tres nombres. No le decían nada.

—¿Cómo los consiguió?

—Tengo amigos en la Central.

—Cuide a esos amigos —aconsejó Litonev con una sonrisa, y añadió—: ¿Le dijeron algo más?

—Sí. Al parecer las declaraciones que firmaron los tres son idénticas: Borisov falleció y el soldado quedó inconsciente como consecuencia del accidente.

—¿Sabemos para qué trasladaban a Borisov?

—Lo llevaban a interrogar.

—¿De quién cumplían órdenes?

—Del subjefe Zaporozhets.

Litonev apretó las mandíbulas hasta que sus dientes rechinaron.

—Traslade a Markus mi orden de que mantenga un retén en la Residencia de la Milicia. Quiero la declaración del conductor en cuanto recupere el conocimiento.

—Estamos en ello, comandante.

Litonev asintió y volvió a leer los nombres. Luego dirigió una mirada a Mijalik.

—Buen trabajo, detective —le dijo.

El joven detective agradeció el cumplido con una inclinación de cabeza.

—Ya sabe lo que hay que hacer ahora —expresó rotundo el comandante, ante lo que el detective entornó los párpados y asintió.

—Que usted pase buena noche, comandante. —Y miró de reojo a la reportera.

—No es lo que parece.

—A mí me da igual, jefe.

Dicho esto, el joven detective le guiñó un ojo a Dora Fischer, que observaba la escena desde la puerta del hotel. Luego el muchacho se introdujo en el coche y se perdió en la mancha de tinta negra de la noche de Leningrado.

El comandante, entrando en el hall, se unió a la periodista y al portero de los entorchados y gorra de plato. Éste abrió las rejas del ascensor y, respetuosamente, les cedió el paso. Un joven con gafas, también uniformado, les observaba desde recepción. Cuando el ascensor emprendió su marcha, Litonev alcanzó a distinguir al joven descolgando el teléfono. Estos hijos de puta de la NKVD tienen chivatos en todos los lados, se dijo.

El ascensor se paró en la segunda planta y el portero apartó las verjas grisáceas, invitándoles a salir. Dora Fischer caminó con seguridad por un pasillo alfombrado de más de cinco metros de ancho hasta la tercera puerta de la izquierda donde se leía el número «206». Abrió, y el botones le entregó la mochila. La reportera dejó un rublo en la mano extendida, que el otro agradeció antes de regresar al ascensor.

—Vives como una burguesa —sentenció Litonev al entrar en la suite.

—Aún no has visto nada —dijo ella encendiendo las luces, que iluminaron un salón alfombrado con sillones y mobiliario victoriano.

El comandante se acercó hasta un escritorio de roble repleto de papeles revueltos, en el que reposaba una máquina de escribir. «Olivetti», leyó en una pequeña placa en el frontal. Después dirigió su mirada hacia otro aparato del escritorio, con las letras «AEG» grabadas.

—¿Éste es el magnetófono del que hablabas?

—Sí. Es de bobina abierta, no como los vuestros que aún son de alambre.

—Pon la grabación.

—No tan deprisa, camarada comandante.

Se encaminó hacia el mueble que ocupaba la totalidad de la pared y bajó una trampilla mostrando el interior: cinco o seis botellas de whisky, cuya marca Litonev nunca había oído mencionar. Junto a ellas distinguió dos de ginebra, otra de un aguardiente alsaciano y dos de *Russki Standart.*

—Creo que hoy nos lo hemos ganado. ¿Qué te apetece?

—No suelo beber, Dora. Además, tengo el estómago vacío.

—Eso se arregla ahora.

Descolgó el teléfono y marcó dos números.

—Habitación 206… ¿Tendrán algo para cenar?… Ya, la cocina cerrada… Ajá, *zakuski* y *vatrushka*, perfecto…Sí, pan negro… No, está bien; con eso nos arreglamos.

—Es tarde, Dora. Que no traigan nada.

—Nos suben de inmediato unos entremeses y una empanada.

—Déjalo. Pon la cinta, la escuchamos y me voy para mi casa. Mi mujer y mi hijo me están esperando.

—Ah —dijo al tiempo que desenroscaba el tapón de una botella de whisky—, la vida de casado. La verdad es que no la echo en falta.

—¿Estuviste casada?

—Tres veces, camarada. A veces pienso que ser reportera internacional es una huida hacia adelante.

Depositó dos vasos delante de la botella y comenzó a servir.

—Si no te importa, prefiero *Russki.*

Dora acabó de servirse el whisky y se giró para agarrar el vodka, que escanció con generosidad.

—Ese detective tuyo, ¿está casado?

—No, creo que no —respondió con una sonrisa.

—¿Tiene novia? —preguntó Dora, a lo que Litonev negó con la cabeza y ella añadió—: ¿Cuántos años tiene?

—Ha ascendido hace poco… Supongo que unos treinta.

—Ajá, treinta… Un poco joven, pero…

Le ofreció el vodka al comandante, que lo cogió y lo alzó diciendo:

—*Na zdoróvie.*

—Espera, permíteme que el brindis lo haga yo —y, tras el asentimiento de Litonev, añadió, con una sonrisa—: Por la resolución de este misterio.

—Por Borisov —aprobó el comandante, al tiempo que chocaba el borde de su vaso con el de ella.

Después de un trago, Dora se levantó, sacó la cinta de su abrigo y se dirigió hacia el magnetófono. Litonev se inclinó hacia atrás en el sofá.

—La verdad es que los reporteros internacionales no os podéis quejar —comentó—. Vivís bien.

—Díselo a tu gobierno. Es el que nos ha alojado a todos aquí.

—¿A todos?

—Sí. En esta planta estamos los norteamericanos y canadienses. En la tercera, los… ¡Mierda!

—¿Qué pasa?

—Nada. Ya está. Es que no podía instalarla.

—O sea, que el gobierno de Stalin os aloja como a zares mientras está expropiando a los *Kulaks*.

—No te equivoques. Nos tienen aquí para vigilarnos.—Señaló a la lámpara y añadió—: No me extrañaría que tuviesen micrófonos.

—De todas formas, en tus crónicas siempre tratas muy bien a Stalin.

—¡Cómo no! Vosotros incrementáis sin parar la producción. En cambio, desde el veintinueve, mi país se debate en una crisis que parece el anunciado colapso del capitalismo…

—Eso fue hace cinco años. Ahora da la sensación de que os estáis recuperando.

—Otro mito. Somos un país experto en crear o destruir mitos… —detuvo sus palabras enfrascada con las bobinas del magnetófono, al momento continuó—: Ahora mis compatriotas están más preocupados en convertir en héroes a Dillinger o a Bonnie y a Clyde. Y harán los mismo con Kate Ma Barker, en cuando la encuentren... ¡Ya está!

—¿La has colocado?

—Sí, vamos a escucharla.

Apretó un botón y se separó del magnetófono para sentarse al lado del Litonev. Cogió el whisky y dio otro sorbo, en tanto el aparato comenzó a emitir ruidos. Un instante después, una voz femenina reemplazaba aquellos sonidos.

> Un momento... Ahora le pongo... Llamada desde el Ayuntamiento, camarada...

—Es la voz de Eva Latinina, la telefonista del Soviet —aseguró Litonev.

> ...¿Se cortó?... Espere un momento, por favor...

—Páralo —ordenó el comandante.

Dora se abalanzó sobre el aparato y pulsó una tecla.

—¿Qué pasa?

—Rebobina. Me ha parecido escuchar un sonido familiar.

La reportera apretó otro botón y, al momento, volvió a escucharse la misma voz.

> Espere un momento, por favor...

Ahora Dora prestó más atención. Un sonido de fondo, apenas perceptible, la hizo pulsar otra tecla para aumentar el volumen.

—Ahí —dijo él.

—¿Qué es?

—Es el reloj de cuco que tienen las telefonistas en la central.

Ella rebobinó la cinta una vez más, y de nuevo oyeron las palabras de la chica. Ahora resultaba claro: dos notas de un cuco se entremezclaban con ellas.

—Ese ruido indica que eran y media de una hora determinada —explicó él.

—¿Continúo? —preguntó ella. Litonev asintió.

Dora presionó una tecla. Se escuchó un timbre de una llamada, que sonó dos veces antes de que se dejara oír un clic seco y la voz de la telefonista que atendía.

> —Soviet de Leningrado…
>
> —El camarada Yagoda quiere hablar con Kirov…

El comandante saltó sobre el aparato y lo detuvo.

—¿Qué pasa? —preguntó desconcertada la reportera.

—Atenta.

Rebobinó un poco y pulsó el *play*. Los dos timbrazos y lo que los seguía se repitieron, hasta las palabras de la mujer. El comandante volvió a pararlo y a rebobinar la cinta.

—¿Te das cuenta?

—No —respondió Dora, descolocada.

—Han llamado por el teléfono directo desde el Kremlin. La telefonista, nada más descolgar, ha apretado un botón para grabar la conversación. De ahí ese clic, que de otro modo no se explicaría —dijo, al tiempo que encendía de nuevo el aparato para escuchar el fragmento una vez más. Después lo apagó.

—¿Era lo habitual? —preguntó ella.

—No lo creo —dijo, mordiéndose el labio inferior—. Más bien parece una orden interna de Kirov y que sólo conocían en el

Soviet. Curioso, la grabación de la central se desvía hacia la conversación telefónica...

—¿Desconfianza hacia Moscú?

—No lo sé —dijo, al tiempo que conectaba de nuevo el magnetófono.

—Soviet de Leningrado...

—El camarada Yagoda quiere hablar con Kirov...

—Espere, por favor, vamos a avisarle...

—Es urgente, señorita...

—No se retire... ¿Sergo?... Es Yagoda por el teléfono directo del Kremlin... (Diez segundos de silencio)... ¿Ya le has avisado...? De acuerdo, así se lo hago saber... ¿Camarada Yagoda...?

—Dígame...

—El camarada Kirov se pone en un minuto...

—Gracias...

Luego hubo silencio, el ruido de un disparo y gritos.

—Dale un poco hacia atrás —ordenó Litonev.

—El camarada Yagoda quiere hablar con Kirov...

—Espere, por favor, vamos a avisarle...

—Es urgente, señorita...

—¡Qué hijo de puta! —exclamó el comandante, apretando el vaso.

—¿Qué ocurre?

—Es la voz de Zaporozhets.

—¿Llamó el subcomisario a Kirov desde el Kremlin haciéndose pasar por Yagoda?

—Sí, y a las cuatro y media.

De repente, llamaron a la puerta.

—La cena, señores.

Era la voz de un muchacho joven. Probablemente, el empleado que Litonev había visto marcar aquel teléfono en la recepción del hotel.

Todo pasó como un rayo por la mente de Litonev. «Nos alojan a todos aquí. No me extrañaría que tuvieran micrófonos». «Zaporozhets, eres el culpable. Esta grabación lo demuestra».

Entonces supo, con certeza, que vendrían a buscar la cinta. Se levantó, desenfundando la Tokarev, y se llevó el dedo índice a los labios mirando hacia Dora. Entró en el baño y abrió la ducha. De inmediato se pegó a la pared, entre el marco de la puerta y una esquina de la habitación y apagó la luz de entrada. Con otro gesto le indicó a Dora que abriera.

La mujer obedeció, y la puerta ocultó a Litonev, que quedó cobijado por las sombras en aquella esquina del cuarto.

El recepcionista, empujando un carro en el que llevaba la empanada, los entremeses y una botella de champán que nadie había solicitado, entró y se detuvo en medio del salón. Ladeando la cabeza, pareció atender al ruido de la ducha. Luego sus ojos escrutaron el habitáculo hasta clavarse en el magnetófono.

—Gracias, déjelo ahí —indicó Dora.

Todo fue muy rápido. El recién llegado desenfundó un Nagant. Dos disparos directos al pecho desde la Tokarev del comandante le impidieron utilizarlo.

El recepcionista alcanzó a girarse un poco hacia Litonev, mientras se llevaba una mano a la garganta. Abrió la boca, como ante una arcada, pero no emitió voz alguna. En cambio, se miró la palma manchada de sangre con gesto inexpresivo.

Por último, se desplomó.

11
YURIV

AQUELLA NOCHE resultaba interminable: el sol se negaba a salir y la oscuridad seguía cubriendo las callejuelas de Leningrado. Un auto con el emblema de la Milicia las recorría con la nieve y el frío como únicos compañeros. En cuanto el vehículo dejó atrás la fachada del Palacio de los Príncipes Yusopov se detuvo.

Litonev había llegado a su nueva vivienda en el «barrio de Rasputín», como él lo llamaba. «Cariño, hoy mismo nos cambiamos», le había dicho Nadezhda cuando se despidió de ella después de la visita a la nueva casa. «Yuriv se ha comprometido a ayudarme en la mudanza en cuanto salga de los astilleros».

Tras lo sucedido en las últimas horas, aquellas palabras de su esposa, pronunciadas el día anterior, sonaban distantes al jefe miliciano. Descendió del automóvil y le ordenó al soldado:

—Recójame en dos horas.

Mientras subía los peldaños hacia el quinto piso, los recientes acontecimientos se arremolinaron en su cabeza: la cinta, las palabras de Zaporozhets por teléfono, el supuesto recado de Yagoda para Kirov, el homicidio de Borisov, el recepcionista intentando liquidarles...

Desde la guerra civil no había disparado contra nadie, y de eso ya hacía más de una década. Pero aquella había sido una guerra contra los enemigos del pueblo; la NKVD, se dijo, se comportaba ahora como los nuevos agentes zaristas. Se detuvo en el tercer piso y encendió un cigarro. Se apoyó en la barandilla.

Aún veía ante sí el cadáver ensangrentado con los dos impactos en el pecho —agrupados sobre el corazón, como él enseñaba a los jóvenes cadetes—. «Llama a la Milicia», le había indicado a Dora. De inmediato, la suite se llenó de curiosos reporteros internacionales, que acudían como tiburones tras el rastro de la sangre que ya había empapado una gran parte de la alfombra. Luego llegaron los soldados y recogieron el cuerpo. «Quiero la verdadera identidad de este sujeto en la mesa de mi despacho», ordenó el comandante. «Un intento de robo», justificó el director del hotel ante los huéspedes mientras les exhortaba a regresar a sus aposentos. «Tranquilidad, no ocurre nada. La Milicia de Trabajadores nos protege.»

Al llegar al quinto piso se dirigió a la puerta de la derecha. La llave debería de estar donde le indicó Nadezhda: encima del marco. La recogió y entró en la vivienda. Otra vez el calor insufrible. El salón estaba iluminado. «¿Me ha esperado despierta?», pensó.

—¿Nadia? —preguntó al asomarse.

—No, Igor. Soy Yuriv.

Vestido con la funda azul mahón de faena de los astilleros del Neva, se hallaba sentado en el sofá con los dos codos apoyados en los reposabrazos. Las dos zarpas de oso contrastaban con el tapizado claro; su corte de pelo a cepillo y la mandíbula cuadrada se recortaban bajo una mirada somnolienta.

—Gracias por ayudar a Nadezhda en el traslado.

—No ha sido nada. Al final, con un solo viaje en el carro lo hemos traído casi todo. Lo que queda son menudencias.

—¿Cómo estás todavía por aquí?

—Te esperaba.

—¿A mí? —preguntó desconcertado el comandante y se sentó en el butacón de enfrente.

—Sí. Nadezhda me dijo que estabas interesado en Kámenev y en Zinóviev. Y he preferido responder personalmente a tus dudas.

—Ah, Kámenev y Zinóviev —exclamó y se pasó la mano por la frente—. Ya no me acordaba de ellos.

—¿Qué te interesaba saber?

—Tú estás al día respecto a las correlaciones de fuerza dentro del Partido —dijo, y extrajo el paquete de Lucky Strike y el de medias del bolso del abrigo.

—¿Sobornos capitalistas?

—Más bien, regalos de una... de un amigo —indicó, mientras encendía un pitillo.

—Tanto tabaco te va a matar.

—Me interesaba conocer la relación de Kirov con esos dos. La de Kirov con Stalin. Bueno, ya sabes.

—¿Desde cuándo te interesa lo que se discute en el Partido?

Dio una calada y respondió:

—Desde que uno de mis soldados disparó contra Kirov.

—Ya —dijo, y se levantó para dirigirse al ventanal.

Los primeros rayos de sol iluminaron la estancia. Yuriv inspiró hondo. Luego añadió:

—Resulta curioso que después de siete años del fatídico congreso, sea ahora cuando preguntes qué está pasando.

—Entonces no estuve a favor de vuestras tesis.

—¿Lo estás ahora, Igor? —preguntó Yuriv, volteándose.

—No lo sé. Lo único que me interesa es aclarar lo que se mueve detrás del asesinato de Kirov.

—Te entiendo. No crees que sea cosa de un demente aislado.

—No sólo no lo creo: cada día estoy más convencido de eso.

—¿Por qué Kámenev y Zinóviev?

—He visto fotos del Politburó de las que han sido eliminados.

—¿Igual que a Trotsky?

—Menos literalmente —sonrió Litonev—. Ellos no han sido ni desterrados ni asesinados.

—Todo a su tiempo —susurró el otro, y le cogió un Lucky Strike. Lo encendió, dio la primera calada y repitió—: Todo a su tiempo.

—¿A quién crees que beneficia el asesinato de Kirov?

Yuriv frunció el entrecejo acentuando la intensidad del rojizo de sus cejas y contestó, algo perplejo:

—¿En qué mundo vives, Igor?

—En el de dar seguridad en las calles a los ciudadanos de Leningrado —contestó airado.

—Hay cosas más importantes, como la libertad o la comida y viviendas para todos.

—El nuevo Plan Quinquenal prevé…

—Pregúntanos a los de la Oposición de Izquierda o a los *kulaks* de Ucrania las previsiones de ese plan.

—No discutamos de nuevo, Yuriv, por favor.

—Bajad la voz —susurró Nadezhda desde el marco de la puerta—. Vais a despertar al niño.

El comandante se acercó a ella y, abrazándola, la besó.

—Tu marido te ha traído un regalo —desveló Yuriv.

—¿Es verdad? —preguntó Nadezhda, abriendo mucho los ojos.

—Yuriv, eres un bocazas —se quejó Litonev y, cogiendo el paquete de medias, se lo entregó a su mujer.

Mientras ella se lo agradecía, el niño comenzó a llorar. De inmediato, Nadezhda salió del salón y cerró la puerta. Los dos hombres se sentaron frente a frente.

—¿No echa de menos la fábrica? —preguntó Yuriv.

—Nunca habla de ello.

—Entonces es que sí.

—Yuriv, llevo una noche horrible —dijo Litonev, y suspiró. Luego añadió—: Dime: ¿qué está pasando en el Partido?

—Nada nuevo desde que falleció Lenin, aunque tú no te quieras enterar. Stalin y la camarilla georgiana están eliminando a sus opositores.

—Eso no cuadra con el asesinato de Kirov, ni con Kámenev y Zinóviev desapareciendo de las fotografías.

—Cuadra como que dos y dos son cuatro.

—Kirov era amigo de Stalin.

—Stalin no tiene amigos, Igor —dijo, e inclinándose hacia adelante, le apoyó una mano en el hombro.

—Explícate —exigió Litonev.

—Partamos del congreso del Partido en 1926.

—Donde Nadia y tú fuisteis delegados.

Yuriv asintió, y continuó hablando:

—Como sabes, Trotsky, Kámenev, Zinóviev y hasta la viuda de Lenin se unieron contra Stalin.

Yuriv se puso entonces de pie y se acercó a la ventana, como si necesitase ver desde más cerca el sol desplegarse sobre las calles de la ciudad.

—Stalin y la camarilla georgiana nos ganaron —siguió diciendo, con sosiego—. Desterraron a Trotsky y consiguieron que los otros dos monos se retractaran y suplicaran clemencia a Stalin en vergonzantes discursos para mantener sus puestos.

—Sigo sin ver la relación.

—Vayamos al congreso de este año —prosiguió Yuriv como si no le hubiese oído—: Stalin cosecha doscientos noventa y dos votos negativos para su ingreso en el Comité Central. Kirov, sólo tres.

—¿Celos?

—Algo más, Igor. Kirov se estaba distanciando de Stalin por la represión a los *kulaks* y formando tándem con Ordzhonikidze.

—«El Lenin del Cáucaso» —citó Litonev, pasándose la mano por la barbilla.

—¿Lo vas entendiendo? —Y Yuriv se giró hacia su cuñado.

—¿Pero Stalin y Kirov no pasaron las vacaciones juntos?

—La distancia se produjo después.

«Kámenev, Zinóviev, Ordzhonikidze... comenzaron a frecuentar el Ballet después del verano», había dicho su detective. A continuación, Litonev añadió:

—Veamos. Según tú, desterrado Trotsky y muerto Kirov, Stalin se ha quedado sin opositores en el Partido y con las manos libres.

—No del todo. Ahora ha de eliminar a los líderes menores para que no vuelvan a remover la pocilga.

—Kámenev fue el Secretario General de la Internacional, Zinóviev es uno de los mejores oradores del Partido, Ordzhonikidze controla el Cáucaso... No me parecen menores.

Yuri se encogió de hombros y añadió:

—Suma también a los generales del Ejército Rojo que ascendieron cuando Trotsky era el Ministro de la Guerra...

—¿Qué papel juega Yagoda y el NKVD?

—El de brazo armado de Stalin. Además, a Yagoda lo tiene cogido por los huevos. Su debilidad por el juego, el vodka y las mujeres lo hacen débil, muy débil ante los bolcheviques veteranos.

—Zaporozhets... —susurró el comandante.

—El monaguillo de Yagoda en Leningrado.

12
Los asesinos

La conversación con Yuriv había convencido a Litonev de que aquella lágrima de Stalin en el funeral de Kirov no expresaba rabia por la muerte de un amigo, sino alegría por la eliminación de un rival en la dirección del Estado y del Partido. En realidad, se había convertido en el mayor beneficiario del atentado, aunque eso no demostraba nada. Todo el mundo sabía que el asesino había sido Nikolayev, pero los cabos sueltos no sólo eran numerosos, sino que parecían incrementarse según avanzaban las pesquisas. Además, aunque la investigación del magnicidio le correspondiese al NKVD, el asesinato de Borisov era competencia exclusiva de la Milicia, y el comandante pensaba llegar hasta el último responsable, aunque se tratase del mismísimo Stalin.

Litonev atravesó la entrada del cuartel general de la Milicia con ojos somnolientos y un litro de té en el cuerpo. Se tanteó los bolsos del abrigo en busca de un cigarro. Maldición, había sido tan idiota como para olvidarse el paquete en... De pronto su mano se topó con el estuche de latón que guardaba la cinta. «Si Borisov la protegió con su vida», murmuró apretándola con rabia, «es que encierra la clave de este caso».

La grabación le demostraba varias cosas: que la llamada se había producido a las cuatro y media, como si fuese una hora convenida previamente; que era Zaporozhets quien reclamaba a Kirov al teléfono desde el Kremlin y en nombre de Yagoda. Tal vez había alguna más que Litonev no alcanzaba a ver.

—Buen día, camarada... —saludó el subteniente Ilich. Luego pareció notar la expresión agotada de su jefe y añadió—: Supongo que no despreciará un café turco muy cargado de mi querido Azerbaiyán.

—Gracias, Ilich. ¿Qué tenemos?

—Los *operativniks* esperaban su llegada.

—Hágales pasar.

Litonev se introdujo en el despacho, se sentó frente al escritorio y, sin perder tiempo, metió la llave en la cerradura del cajón. Lo abrió y guardó el estuche con la cinta, junto a las páginas fotografiadas del diario de Nikolayev. «He de encontrar un hueco para terminar de leerlas», se dijo, y giró la llave.

—Con su permi...

—Pasen y siéntense.

De los tres detectives, Markus era el único que portaba varios cartapacios. Nada más tomar asiento, los colocó sobre el escritorio.

—Una mala noche para todos... —dijo el comandante.

—Ha sido peor para usted. A nosotros no nos han intentado asesinar. ¿Por dónde quiere empezar, comandante?

—Me gustaría saber a quién maté esta noche.

Markus dirigió la mirada hacia el grueso Vladimir, que se incorporó y cogió la primera carpeta de la pila. La abrió y comenzó a leer en voz alta:

—Se llamaba Ulrich Trevor Suslov, veintiséis años, natural de Georgia...

«Otra vez la camarilla georgiana», pensó Litonev.

—...Llevaba cinco semanas como recepcionista. Antes había ejercido el mismo trabajo en Moscú. Estaba afiliado al Partido...

—¿Qué sabemos del revólver?

—Es otro Nagant, modelo 1895, de las partidas en depósito de la NKVD.

—¿Alguna conexión con ellos?

—La NKVD no se ha pronunciado, como si no lo conociese.

—¿Agente encubierto?

—Tal vez.

—¿Micrófonos?

—En todas las habitaciones. Incluso hacen copias de los télex que los reporteros envían a sus países.

—¿Qué versión se ha mantenido?

—Por prudencia ante los corresponsales extranjeros, se ha corrido la voz de que fue un intento fallido de robo. A la dirección del hotel también le interesa esa explicación.

—Incluso hemos tomado declaraciones preguntando si alguien detectó que le faltase algo —añadió Markus—, lo que ha hecho todo más creíble.

—Buen trabajo —aprobó el comandante, cerrando los ojos e inclinándose hacia atrás—. Nuestra mierda nos la comemos nosotros.

—Por si se anima —dijo Ilich, entrando, y depositó en una esquina de la mesa la bandeja con la olorosa cafetera y las cuatro tazas que traía.

—Ni aunque nos prometan la Orden de Lenin —respondió el joven Mijalik, a lo que siguieron las carcajadas de los otros dos.

—Pues al comandante le gusta —indicó orgulloso Ilich.

—Es hombre temerario —cerró el grueso Vladimir, entre risas.

—No les entiendo —objetó Litonev mientras se erguía para rellenar una taza—. Creo que es un café estupendo.

—Estupendo, sí. Para que el subteniente envenene a su suegra con él —aclaró Markus.

Y las carcajadas de Ilich y el comandante se sumaron a las del resto.

—Venga, señores —cortó Litonev al cabo de un instante—, dejemos las bromas y vayamos a lo nuestro, que aún tenemos mucho trabajo.

El subteniente Ilich abandonó entonces el despacho, ocultando apenas una sonrisa, mientras Markus preguntaba por dónde continuar.

—Me interesa el soldado que conducía el furgón —respondió el comandante.

—Recuperó el conocimiento esta noche, sobre la cinco aproximadamente —dijo Markus, y cogió otra carpeta.

—¿Prestó declaración completa?

—No estaba en condiciones, por lo que sólo se le pidió que respondiera sobre lo último que recordara.

—¿Y qué fue?

—Que el agente de la NKVD que iba de copiloto se abalanzó sobre el volante y lo giró bruscamente. Así salieron de la vía y colisionaron contra la casa.

Litonev apretó los puños.

—¿Pudo decir algo más?

—Que se encontraba en el Parque Móvil de la Milicia cuando se presentaron los tres agentes y le ordenaron que cogiese un transporte para el detenido.

—¿Firmó eso?

—Aquí está —indicó Markus tendiéndole el papel.

El comandante lo recogió y de inmediato rebuscó en el bolsillo interior del abrigo. Sacó el folio que le había entregado Mijalik horas atrás. Releyó aquellos nombres que nada le decían y, arrojando la hoja sobre la mesa y dirigiéndose a Markus, le ordenó:

—Quiero la detención de estos tres.

—Son agentes de la NKVD —susurró el jefe de detectives.

—Me da igual.

Y Litonev descolgó el teléfono.

—Ilich, quiero un pelotón de soldados armados a la puerta —y antes de colgar, agregó—: De inmediato.

—Camarada comandante, con mis respetos —dijo Markus prudentemente—. Las normas exigen que curse oficio a Drijanov con los cargos y él proceda en consecuencia.

—¿Las normas? ¿Las cumplen ellos, jefe de detectives?

—No, pero ellos son la Policía Políti...

Markus no pudo continuar, pues sus labios quedaron colgando y sus ojos clavados en el comandante. Éste había desenfundado la Tokarev, comprobado el cargador y arrastrado la corredera hacia atrás para soltarla de un golpe seco. Cargada con un cartucho en la recámara, la enfundó y remató:

—Y nosotros somos la Milicia de Trabajadores y Campesinos.

—¿Le puedo acompañar? —preguntó el joven Mijalik mientras revisaba su arma.

—Puede, pero traiga la ficha de los tres agentes y la del que maté anoche.

El novato se abalanzó sobre las carpetas que Markus había depositado sobre el escritorio y, sonriente, marcó el paso detrás del comandante, ante la mirada incrédula de los otros detectives y del subteniente.

—Ya veréis como la norteamericana tiene una amiga —murmuró a sus compañeros en voz baja.

Un convoy formado por dos camiones cargados de soldados equipados con los fusiles Mosin Nagant de los cosacos y un coche en el que viajaba el comandante jefe con el joven detective Mijalik salió de las puertas del cuartel general de la Milicia y recorrió las calles de Leningrado ante azorados vecinos, que se preguntaban la razón de tal despliegue.

Al cabo de media hora llegaron a la Central de la NKVD y Litonev salió del coche para dirigirse al sargento que mandaba a los milicianos.

—Que formen y esperen mis órdenes.

Mientras los soldados saltaban de los camiones, ante el desconcierto de los guardias que custodiaban la entrada a la Central, Litonev y Mijalik entraron en el edificio.

—¿El jefe Drijanov? —preguntó el comandante a un guardia que custodiaba el hall.

—Segunda planta —respondió, y el muchacho se rascó la nuca, frunciendo el ceño sin apartar la vista de los visitantes que ya subían por los escalones de mármol de dos en dos.

Al alcanzar el segundo piso, Litonev, con paso decidido y sin pronunciar palabra, se dirigió a la puerta cuyo letrero anunciaba «Jefatura».

En la antesala, su voz sobresaltó a una secretaria uniformada y con gafas.

—Avise al jefe Drijanov de nuestra presencia.

—¿Tenían cita? —preguntó balbuceando la mujer.

—El comandante jefe de la Milicia de Leningrado no la necesita, camarada —respondió Mijalik.

La mujer se levantó en el acto, dio unos leves tirones a su guerrera y se alisó apresuradamente la falsa. Con pasos cortos y el taconeo repiqueteando en las plaquetas, se introdujo en el despacho de Drijanov. Litonev la siguió, bloqueó la puerta con el pie y, seguido del detective, penetró en el despacho.

—No tenían cita, pero…

Drijanov, desde su sillón, gesticuló con la derecha indicándole a la secretaria que les dejase a solas. La chica arrimó la espalda a la pared cuanto pudo y, pasando por detrás de los recién llegados, salió, cerrando despacio la puerta.

—Exijo una explicación —dijo el jefe de la NKVD en Leningrado, apoyando los codos sobre el escritorio.

Litonev se adelantó más. Tras coger una de las carpetas que portaba Mijalik, sacó de su interior la ficha de Ulrich Trevor y anunció:

—Ayer quisieron matarme junto a una reportera norteamericana.

—Estoy informado de ello —alegó el otro sin inmutarse.

—Fue este hombre.

Y arrojó la ficha ante Drijanov.

—También lo sé.

Las palabras sonaron tranquilas, al tiempo que el jefe de la NKVD cogía la hoja, Litonev continuó:

—Nuestros datos nos hacen sospechar que es un agente a sus órdenes.

—¿No habían dicho que era un ladronzuelo?

—Sabe bien que ésa es la versión dada a los reporteros extranjeros.

—Pues no conozco otra.

—¿Niega que es uno de sus agentes?

Entonces el semblante de Drijanov se contrajo. Poniéndose en pie de un salto, dio un puñetazo en la mesa y exclamó:

—Camarada comandante, ¿cree que no conozco a mis agentes?

Litonev, tranquilo, se inclinó hacia adelante, apoyó las palmas abiertas en el escritorio y, mirando a los ojos del chaparro jefe de la Policía Política, le asestó:

—Tal vez no sea agente suyo, pero… ¿no lo será de su subjefe?

Drijanov bajó la vista, que se perdió entre los papeles de la mesa.

—He dicho que no es uno de mis policías —repitió en voz baja.

—Y yo le vuelvo a preguntar: ¿no será un agente a las órdenes del subcomisario Zaporozhets?

Drijanov golpeó la mesa con la palma derecha y escupió:

—¡Qué obsesión tiene con Zaporozhets! Habla como si tuviese una certeza absoluta en su culpabilidad. Muéstreme las pruebas —exigió.

El comandante recogió una segunda carpeta de manos de Mijalik y la abrió. Sacó otra ficha, la deslizó con suavidad sobre la mesa, ante la mirada atenta de Drijanov, y pronunció sólo dos palabras:

—Andropov Drauler.

Cogió otra hoja y, realizando la misma operación, dijo:

—Vladimir Midlar.

Y una vez más:

—Ulianov Ulrich.

El jefe de la NKVD, que había clavado los ojos en los dos primeros folios que Litonev le mostrara, los desvió al oír el tercer nombre. Luego manoseó las fichas durante unos segundos, hasta que Litonev rompió el mutismo.

—¿Niega también que son agentes suyos?

—No, no lo niego.

—Les acuso de asesinar a Borisov. Le ruego que me los entregue para tomarles testimonio y llevarlos a juicio.

—¿Tiene pruebas?

—Me sobran.

—¿Y si no se los entrego? —preguntó Drijanov.

—Tengo a la entrada fuerza armada suficiente para exigírselo. Después, a mi pesar, le acusaría de encubridor, camarada.

Drijanov no pareció sorprenderse. Por el contrario, alzó despacio la mirada y volvió a preguntar con parsimonia:

—¿Sabe, comandante en jefe, lo que es un 7,62 x 54R?

—El calibre más utilizado por la Milicia.

—Acertó —expresó sarcástico Drijanov.

Su mano abrió un cajón del escritorio y sacó una fotografía, que de inmediato puso boca arriba sobre la mesa. La imagen mostraba a un individuo al que le habían disparado en la sien. El hombre aparecía caído de lado, con las rodillas algo alzadas, como si hubiese estado de cuclillas al recibir la bala. Tenía los ojos abiertos.

Luego Drijanov sacó otra en la que se veía a un muchacho joven. Con los brazos en cruz y tendido sobre un charco de sangre, su pecho, con la camisa abierta, se exhibía acribillado a balazos.

Hubo una tercera imagen: la de un tipo con un disparo en la nuca. Por último, una más: tres cuerpos tendidos, entre residuos, en la desembocadura del Neva.

—Se despidieron de este mundo con el plomo de un 7,62 x 54R —comentó Drijanov, como al descuido.

—No entiendo qué relación…

—¿No la entiende? Pues se la voy a explicar. O mejor, véala usted mismo.

Dicho esto, Drijanov se puso en pie y, alzando la última fotografía, la acercó a los ojos de Litonev.

El comandante trastabilló: el rostro de Midlar estaba demasiado sucio de sangre y barro, pero a los otros dos, Ulrich y Drauler, se los identificaba perfectamente.

13
Tensión

Las fotos que Drijanov le había colocado delante de sus ojos evidenciaban que los tres supuestos asesinos de Borisov habían sido ejecutados. Sin embargo, aunque la conclusión era la misma, las dispares conjeturas sobre la autoría del asesinato incrementaron la temperatura en el despacho del jefe de la Policía Política.

—Me ofende, camarada Drijanov —exclamó Litonev dando una palmada sobre la mesa—. Que los cartuchos sean del 7,62 x 54R no demuestra que los culpables pertenezcan a la Milicia.

—Yo lo veo de otra manera —acotó el otro y se inclinó hacia atrás en el sillón estirando sus cortas piernas—: Cuando sus detectives interrogaron al conductor del furgón, éste les facilitó la identidad de los tres agentes de la NKVD. —Miró hacia el joven Mijalik y le preguntó—: ¿Es o no cierto, detective? —Éste permaneció mudo, ante lo que Drijanov continuó—: El nombre de los tres corrió como la pólvora entre la Milicia. Lo ocurrido después es fácil de imaginar: se constituyó espontáneamente un pelotón de linchamiento y esa misma noche los ejecutaron en venganza por la muerte de su compañero Borisov.

Litonev sacó un cigarro y lo encendió. La mirada de Drijanov se clavó en la marca del tabaco. El comandante dio con parsimonia una calada y respondió:

—Interesante hipótesis, pero hace agua.

—¿En qué me equivoco, según usted? —preguntó el otro, clavando los codos sobre la mesa.

—En aquellos momentos de la noche, las únicas dos personas de la Milicia que conocían los nombres de sus agentes éramos los aquí presentes —dijo, y señaló a Mijalik con un gesto de mentón.

—¿Es eso cierto, detective? —preguntó Drijanov girando bruscamente la cabeza hacia él.

—Sí, camarada comisario.

—Así que según su teoría, el detective y yo somos los asesinos —dijo Litonev, al tiempo que daba otra calada.

—¿Qué explicación me ofrece usted? —urgió el otro, pasándose la mano por la barbilla.

—Son las piezas del dominó que se van cayendo desde el atentado de Kirov.

—¡Déjese de acertijos, cojones!

—Yo lo veo así, comisario: Nikolayev mató a Kirov, pero sólo fue el arma ejecutora, no la cabeza que urdió el plan.

—¿Quién lo fue?

—Aún no lo sé, pero lo que está claro es que está eliminando a todos los que podían conocer su identidad o le sirvieron de cómplices.

—¿Y qué sabía Borisov?

Litonev tragó saliva. Aún no estaba dispuesto a mencionar la grabación.

—Tal vez sospechaba quién se escondía detrás de todo —respondió, por fin.

—«Tal vez», «no lo sé», «piezas del dominó»... No me haga reír, comandante. Hechos, quiero hechos. Y el calibre 7,62 x 54R es uno bien claro.

—Supongo que entre esos hechos habrá incluido el revólver Nagant de Nikolayev propiedad de la NKVD.

Drijanov se pasó la lengua por los labios y volvió a reclinarse con los codos en los apoyabrazos del sillón. Cruzó los dedos y paseó las yemas de los pulgares por la barbilla antes de preguntar:

—¿Qué me propone, comandante?

—Usted era amigo de Kirov, por lo que querrá llegar hasta el final con todas las consecuencias. —El otro asintió—. Borisov era uno de mis soldados y, además, mi amigo. ¿No cree que debemos trabajar juntos?

—¿Dejarán en paz a las bailarinas del Ballet de la ciudad?

—Eso es agua pasada —respondió Litonev con una sonrisa.

—Está bien, nos volvemos a ver pasado mañana para poner en común todo lo que tengamos.

—¿Pasado mañana? ¿No sería mejor mañana mismo, comisario?

Drijanov le miró extrañado y le dijo:

—¿No le ha dicho nada el alcalde?

—¿Sobre qué?

—Mañana hemos de estar en Moscú para el entierro de Kirov en el Kremlin.

Casi no había dormido ni probado bocado en las últimas cuarenta y ocho horas y, ahora, le anunciaban un viaje de setecientos kilómetros y doce horas de trayecto. «Servidumbres de la jefatura», masculló. Se pasó la mano por el cabello, miró de reojo la colilla muerta entre sus dedos. Nadezhda, su hijo y el cuerpo de Borisov en la sala del forense desfilaron de golpe por su mente. Y la voz identificada en la grabación le resonó en los oídos.

—Lo último, comisario, ¿dónde se encontraba su subjefe en el momento que mataron a Kirov?

—¿Zaporozhets?

El comandante cerró los ojos y asintió. El otro añadió:

—Creo que ya me lo preguntó el otro día. Estaba en Moscú. No sospechará de él, ¿verdad?

—¿Cuándo se presentó en Leningrado?

—De inmediato. En cuanto la noticia llegó al Kremlin, Yagoda y él salieron desde Moscú en un avión militar.

—¿Qué hacía allí?

—Una vez al mes ha de despachar con Yagoda.

Litonev asintió. Impulsivamente, comenzó a decir algo, pero se detuvo mordiéndose el labio. Por último, concluyó:

—De acuerdo, pasado mañana ponemos sobre la mesa lo que tenga cada uno.

—Mientras tanto —dijo el comisario poniéndose en pie—, investigue a sus hombres.

—Haga usted lo mismo con los suyos —respondió Litonev y, alzando la *ushanka* para ponérsela, se despidió.

Al salir a la calle, lo recibió un viento gélido que parecía ahuyentar de las calles a los demás seres vivos. Los ateridos soldados de la Milicia, a pie firme frente a los camiones, esperaban órdenes. Litonev indicó que regresaban al cuartel, y el convoy se puso en marcha una vez más.

El hambre y sueño atenazaban al comandante, pero aún quedaba mucho por hacer. Debía resistir: ya dormiría en el tren camino de Moscú. Se quitó las manoplas y encendió un Lucky Strike, idéntico a lo único que había consumido en las últimas horas. Palpó el interior del paquete: sólo le quedaba un cigarro. «De un momento a otro tendré que regresar al Zolotoe Runo», concluyó resignado.

Nada más llegar al cuartel y aparcar los vehículos, el comandante observó que soldados del cuartel se arremolinaban alrededor de los que descendían de los camiones. Algunos corrían al encuentro de estos últimos, y todos, en gran algarabía, cantaban y lanzaban las gorras al aire.

—Ni que festejasen la Candelaria —indicó Litonev.

—La Candelaria es insignificante comparada con lo que celebran —alegó un exultante Mijalik.

—¿Qué me he perdido? —preguntó extrañado el comandante.

El joven detective miró de reojo a su jefe y sonrió, antes de añadir:

—¿No se ha dado cuenta, camarada?

Litonev se encogió de hombros, giró la vista hacia los soldados y después la clavó en Mijalik, esperando una explicación. El detective frotó las manos, exhaló el aliento sobre ellas y dijo rotundo:

—Es la primera vez que la Milicia le planta cara a la Policía Política.

Cuando entraron en el edificio, las sobrias paredes de los corredores contrastaban con las caras sonrientes de los oficiales formados en hilera. De repente, alguien prorrumpió en un aplauso al paso del comandante acompañado de Mijalik, y la ovación se extendió a través de aquel pasillo improvisado por los mandos de la Milicia. El joven detective caminaba sonriendo y saludando con la mano levantada. El gesto de Litonev era grave, de desconcierto. Al alcanzar la puerta de su despacho, el subteniente Ilich le esperaba de pie, aplaudiendo él también, junto a los detectives Markus y Vladimir. El comandante se giró y contempló, enhiesto, a la muchedumbre uniformada. La ovación subió de tono.

—Regresen al trabajo —ordenó cáustico y, clavando los ojos en Ilich, le dijo—: Usted, venga conmigo.

Seguido del subteniente, el comandante entró al despacho, se quitó la *ushanka* y los guantes y los arrojó con violencia encima de la mesa. Entonces requirió:

—Subteniente, explíqueme qué ocurre aquí.

—Tiene que perdonarnos, pero...

—Perdonados están. Ahora hable.

—Verá, la Milicia se creó después de la Revolución con obreros y campesinos para...

—No me imparta lecciones de Historia.

—Nosotros éramos los que manteníamos el orden revolucionario, pero desde la llegada de Stalin somos meros comparsas de la Policía Política.

—Y por eso se ponen a aplaudir.

—No. Hoy, después de muchos años, nos hemos vuelto a sentir orgullosos de ser milicianos.

—Tonterías.

—No, comandante, y perdone que le contradiga. Usted no puede impedir que nos sintamos orgullosos del uniforme que llevamos y de nuestro nuevo jefe —sentenció, y se puso firme.

Litonev carraspeó y se dirigió a su sillón mientras preguntaba:

—¿Alguna novedad?

—Ha llamado el alcalde —contestó severo—. Tiene usted que acompañarle a Moscú para el funeral. Salen en el expreso de las doce.

—¿Algo más?

—El jefe de detectives quería hablar con usted. Al parecer han podido interrogar al asesino de Kirov.

—Dígale a Markus que pase.

El subteniente se dirigió hacia la puerta, pero al apoyar la mano en el pomo para abrirla, unas palabras del comandante le detuvieron:

—Ilich..., muchas gracias.

El otro sonrió y salió cerrando con suavidad, mientras el comandante se recostaba en el asiento. Por un lado le agradaban aquellas muestras de afecto y apoyo, pero, por otro, le molestaban enormemente: la popularidad no era buena amiga en el nuevo régimen soviético.

—Camarada comandante…

Las palabras de Markus lo alejaron de sus reflexiones.

—…Nikolayev ha prestado declaración.

—Resúmamelo.

—Confiesa que ha asesinado a Kirov, pero mantiene que actuó en solitario.

—¿Cómo lo ha visto?

—Orgulloso de lo que ha hecho. Se cree la reencarnación de Gavrilo Princip cuando mató al archiduque de Austria en 1914 y provocó la I Guerra Mundial.

—Su pasaporte a la Historia.

—¿Cómo dice, camarada?

—Nada importante, Ilich. Es que me dan asco estos alquimistas de la Revolución. Siguen pensando que una minoría puede provocar un cambio social. En el fondo desprecian a las masas.

—¿Nikolayev es así?

—Tal vez. Algunos pasajes de su diario me dieron la impresión de que lo único importante para él era trascender gracias a un acontecimiento importante. Fíjese que admiraba al grupo Narodnaya Volya y a su líder Zhelinbov.

—¿El que asesinó al zar Alejandro II?

—El mismo.

Markus carraspeó.

—¿Cuál es el siguiente paso, comandante?

—Estaré en Moscú un par de días. Proceda a revisar todas las armas y municiones de la Milicia. Quiero saber si alguna no está donde debiera.

El veterano detective le miró extrañado unos instantes.

—¿Hay algo que deba saber? —balbuceó por fin.

—Han encontrado los cuerpos de los tres asesinos de Borisov. Está claro que ha sido una ejecución, pero la NKVD sospecha de nosotros.

Después de que el detective abandonase el despacho, Litonev encendió el último Lucky Strike. Abrió el cajón y recogió las fotografías del diario de Nikolayev que aún no había leído. Podría leerlas durante el viaje. De repente, sus ojos se clavaron en el estuche de latón que guardaba la cinta. Apretó los puños y escupió con rabia:

—¡Maldito Zaporozhets! No pararé hasta que tus huesos se pudran en una celda.

DOS HORAS MÁS TARDE, el comandante llegó a su vivienda. Su gesto era de satisfacción, aunque su rostro reflejase las horas sin descanso. Se había reunido con los jefes de las unidades de la Milicia en su despacho y el trabajo para las siguientes cuarenta y ocho horas —las que iba a ausentarse — había quedado encarrilado. Todos le mostraron su apoyo, comprometiéndose a proseguir con las pesquisas.

Cuando entró en el piso, Nadezhda lo recibió en el pasillo con un beso. Después lo miró detenidamente.

—Se te ve destrozado —comentó.

—Y esta noche salgo para Moscú...

—¿Cómo es eso?

—El funeral de Kirov.

—Claro, como ahora eres un alto jerarca de la ciudad —respondió una voz grave desde el salón.

—¿Todavía está aquí Yuriv? —dijo Litonev.

—Sí, gracias a él ya hemos completado la mudanza.

—¿E Iván?

—Duerme.

El comandante se dirigió hacia la habitación y entró a hurtadillas. Se inclinó ante el bebé y le besó en el moflete. Después regresó casi de puntillas hasta el salón.

—Yuriv, gracias por tu ayuda. Con tanto trabajo yo no hubiese podido…

—No te preocupes. Lo hago por mi sobrino, no por vosotros.

—¡Idiota! —dijo su hermana golpeándole en el hombro.

—Nadia, cariño. He de descansar algo antes de salir. ¿Te encargas de mi equipaje?

—¿No vas a comer nada?

—Comí un poco en la cantina de la Milicia. Además, tengo más sueño que hambre.

—Debes cuidarte —dijo Yuriv con una sonrisa—. A los ciudadanos de Leningrado no les agradaría que sus héroes se murieran de agotamiento.

Litonev le miró extrañado y le preguntó:

—¿Por qué dices eso?

—Hoy, con la mudanza, he recorrido la ciudad de un extremo a otro. En todos los lados se hablaba del nuevo jefe de la Milicia.

—Espero que sea para bien.

—Se decía que te habías enfrentado a la Policía Política. Y los soldados en las calles se están encargando de exagerar la hazaña.

«No ayuda nada esa popularidad», se dijo Litonev. «La NKVD se encargará de que nunca me nombren jefe definitivo de la Milicia en Leningrado». Luego se hundió en el sofá, pero su mirada se clavó en un montón de revistas, periódicos, libros y papeles viejos.

—¿Y eso?

—Estaban en el desván de la otra vivienda —contestó Nadezhda—. Mañana haré una selección y tiraré la mayoría.

Litonev se levantó y se dirigió a la pila. Cogió el *Pravda* amarillento de encima y, después de leer los titulares, lo abrió:

—¡Mi ascenso a capitán en 1929! —exclamó.

—Esos reportajes los guardaré, pero el resto va a la estufa —comentó Nadezhda para añadir—: Voy a calentarte algo de sopa. —Y se alejó hacia la cocina.

El comandante continuó rebuscando, con cierta euforia, entre aquel montón de recuerdos: su ascenso a comandante, el fin de la guerra civil, la muerte de Lenin, el ascenso de Stalin, el destierro de Trotsky... Aquellos viejos papeles contenían su historia y la reciente crónica de la Unión Soviética.

—Os voy a dejar. Tengo el turno de mañana y he de madrugar —dijo Yuriv poniéndose en pie.

—Puedes quedarte. Hay camas de sobra —ofreció Litonev sin mirarle, pues seguía husmeando en la pila de periódicos.

—Prefiero irme, así bebo un vodka en la taberna de...

—¿Qué es esto? —se preguntó extrañado Litonev, extrayendo del montón una carpeta con bordes floreados, como las de los escolares, que nunca había visto antes.

La abrió. En el interior encontró recortes de prensa de 1929. En todos se narraba el atentado fallido contra Stalin en la celebración del 1 de mayo. El resto de los papeles eran noticias relacionadas con la colocación de la bomba que nunca explotó. «La Policía y la Milicia buscan a dos hombres como autores del atentado», leyó en un titular.

—Cariño, te he calentado... —dijo Nadezhda, pero se detuvo en la puerta, callando de pronto.

El silencio obligó a Litonev a alzar la vista. Su mujer, pálida e inmóvil, contemplaba a Yuriv.

—Nadia, ¿te ocurre algo?

—Que le da pena que me vaya —intervino Yuriv, recogiendo el abrigo.

Nadezhda depositó la cazuela encima de la mesa del salón y acompañó a su hermano hasta la salida. Allí cuchichearon algo, que el comandante no llegó a descifrar. Cuando su esposa regresó al salón, Litonev, extendiéndole los recortes del atentado fallido, le preguntó:

—¿Por qué guardabas esto?

Ella les echó una ojeada rápida.

—No sé —respondió despreocupada—. Tal vez porque nos conocimos por esa época y Moscú estaba bello en primavera.

Después sonrió, se sentó a su lado y le dio un beso.

—Ah, claro, el 1 de mayo en Moscú.

—¿Te acuerdas?

—Ahí nos conocimos.

—Recuerdo que, después del desfile, me dirigía con Yuriv a la estación para regresar a Leningrado y…

—Caminaste hacia mí y me preguntaste —Litonev agudizó la voz, dulcificándola—: «Camarada general, ¿cómo llegamos hasta la estación del ferrocarril?».

—«No soy un general, soy capitán» —citó ella, imitando la voz grave de su marido, y añadió—: «Y, lo siento, camarada, tampoco conozco Moscú. Soy de la Milicia de Leningrado y me han destinado unos días a la custodia del acto».

—Entonces me dijiste que vosotros también erais de Leningrado.

—Y ya van cinco años juntos —exclamó Nadezhda y posó la cabeza sobre el hombro de su marido.

Litonev le acarició los cabellos y susurró:

—De aquella llevabas el pelo tan corto como Yuriv. Parecías un chico.

14
El funeral

El viento arrastraba las nubes bajas por el firmamento como reclusos en fuga. Moscú, cubierto de nieve, tenía la mitad de la población en las calles. En la Plaza Roja se abría un pasillo formado por agentes armados de la NKVD y soldados del Ejército Rojo enviados a reforzar a los primeros. Aunque la Policía Política vestía relucientes abrigos pardos forrados con pieles y los soldados lucían uniformes nuevos, hubo un detalle que no pasó desapercibido para Igor Litonev: no llevan las divisas de sus unidades. Era evidente que se las habían entregado hacía un momento. Y tampoco portaban cargadores en los fusiles. «Alguien no se fía de ellos —se dijo—. Siguen temiendo otro atentado». Después, cruzó sus manos enguantadas a la altura del último botón del abrigo, cerró los ojos e inhaló lentamente el aire frío para evitar que la ansiedad le arrastrase irremediablemente a otro cigarro.

El comandante lucía un aspecto más relajado y limpio que en los últimos días. Había podido dormir en su nueva cama casi toda la tarde. Por el cansancio, ni siquiera se percató de la presencia de Nadezhda cuando se recostó a su lado. Aunque no se despertó temprano, le dio tiempo a estrenar la reluciente bañera y a afeitarse con calma. Luego, en la cabina del expreso, el viaje le pareció un suspiro, pues durmió hasta que el pitido de la locomotora anunció la entrada en la estación del ferrocarril de Moscú. Lo que más sentía era que el agotamiento no le hubiese permitido leer las hojas que le quedaban del diario de Nikolayev.

Nada más poner los pies en la estación, envuelto por el vapor de agua de la locomotora, el olor a grasa quemada en los raíles y el vergajo frío del aire en el andén, comprobó que la tensión endurecía los rostros que le rodeaban. Donde lo notó especialmente fue en el interior del Kremlin: nadie pasaba de una dependencia a otra sin ser cacheado cuatro veces, cuando hasta hacía muy poco nunca se superaba el par de registros. Pero Litonev hubo de abandonar esas reflexiones cuando el cortejo se aproximó.

Una bandeja grisácea de plomo con las cenizas de Kirov reposaba sobre una especie de camilla de pino siberiano con cuatro asas, que avanzaba al ritmo del paso de la oca en dirección hacia el sepulcro de Lenin, engalanado con guirnaldas de diferentes formas y coloridos. Al frente iban Stalin y Voroshilov y detrás, Kaganovich y Kalinin, los cuatro hombres fuertes del nuevo estado soviético. Litonev sonrió apenas, Yuriv tenía razón. Los viejos bolcheviques habían sido relegados.

Yagoda, el jefe de la NKVD en la Unión Soviética, caminaba a la derecha de Stalin. Casi a cada paso, su mirada se dirigía al cielo. Era claro que temía un atentado aéreo. Las facciones amarillentas y ojerosas del jefe de la Policía Política parecían demacrarse aún más con aquel bigote poco cuidado.

—Menuda zurra le ha debido dar Stalin por el atentado— comentó una voz detrás de Litonev.

El comandante sonrió para sí. Si le pidieran opinión, apostaría por que Yagoda no había espantado todavía alguna fuerte resaca.

El cortejo se acercó a la parte trasera del Mausoleo de Lenin, al que habían sobrecargado de adornos y regalos. Como la comitiva se había alejado, Litonev aprovechó para escrutar los movimientos de Zaporozhets, oculto tras su jefe Drijanov. Enhiesto, con el rostro pétreo, ni siquiera seguía con los ojos el movimiento de la bandeja con las cenizas. Litonev, para provocarle, lo contempló fijamente. Pero no tuvo éxito: Zaporozhets parecía evitarle a él y a todos los demás, con su mirada dirigida a un cielo cambiante.

Al terminar el ritual de lo que semejaba la nueva religión instaurada por Stalin, los mandos y autoridades rompieron la formación. Litonev se acercó a Drijanov.

—Mañana llegaremos a Leningrado sobre las ocho —le susurró, lo suficientemente alto para que Zaporozhets lo oyese—. ¿A qué hora le parece bien que tengamos esa entrevista?

—Si no tiene inconveniente, almorzamos juntos —respondió el chaparro jefe.

—Permítame que le invite a la cantina de nuestro cuartel.

—Ah, su *vatrushka* tiene buena fama —y Drijanov se pasó la lengua por el labio superior.

—Indicaré a los cocineros que se esmeren —dijo, y añadió una sonrisa a sus siguientes palabras—: Seremos buenos anfitriones.

—Así todos en la ciudad podrán comprobar que entre nosotros no hay tensiones. —Y sonrió.

Le alegraba que el jefe Drijanov se encontrase de buen humor, por lo que pretendió aprovecharlo. A continuación, se situó entre él y Zaporozhets y preguntó, como dirigiéndose a los dos:

—¿La NKVD de Leningrado tiene magnetófono de bobina abierta?

Drijanov miró interrogativo a su subjefe, y éste farfulló:

—Sí, tenemos uno.

—Pues conviene que lo lleve. Tengo una grabación de una llamada desde el Kremlin, el día del atentado, y me gustaría que me ayudase a identificar la voz.

Zaporozhets pareció empalidecer mientras Drijanov comentaba, entusiasmado:

—Intrigas, intrigas. Me gusta. Va a ser muy interesante nuestra conversación. —Y se alejó con pasos cortos y rápidos escoltado por su subjefe.

Litonev buscó con la mirada al alcalde de Leningrado entre el gentío. Lo localizó: departía con su homólogo de Moscú. El comandante decidió acercase. A lo lejos distinguió a Zaporozhets cuchicheando algo con el resacoso Yagoda, e instintivamente —como un gesto de supervivencia— su mano derecha palpó el costado, asegurándose de que la Tokarev se hallaba aún en la cartuchera. De repente una voz femenina detuvo sus pasos y cortó sus meditaciones.

—Vaya, camarada comandante, no esperaba encontrarte por Moscú.

Litonev se giró despacio:

—Hola, Fischer. No te pierdes ni una.

—Es mi trabajo. Los lectores norteamericanos quieren saber lo que ocurre en la patria de los soviets.

—¿Y qué ocurre?

Dora sonrió. Sacó un paquete de Lucky Strike, ofreció un cigarro al comandante y, cuando éste lo aceptó, le preguntó:

—No me digas que ya te comiste los paquetes que te regalé.

—Fumo en exceso —se quejó Litonev, al tiempo que lo encendía.

La reportera introdujo disimuladamente el resto de la cajetilla en el bolso del abrigo del comandante.

—¿Qué quieres ahora?

—El que casi nos mata, ¿era de la NKVD?

—Aún no lo sabemos.

—La cinta, ¿la ha escuchado alguien más?

—No.

—¿Quién mató a los tres policías políticos?

—Estamos en ello.

—¿Por qué Zaporozhets llamó a Kirov haciéndose pasar por Yagoda?

—No se lo he preguntado.

Dora Fischer se cruzó de brazos y miró fijamente para Litonev. «No me había fijado en esos ojos negros. Brillan cuando se enfada», se dijo el comandante. Luego, ella dio una calada y expulsó el humo con fuerza hacia el comandante. A continuación añadió, como si reflexionara:

—La otra noche, cuando tu guapo detective te trajo los nombres de los tres agentes de la NKVD, le despediste con un «Ya sabe usted lo que hay que hacer». ¿A qué te referías?

—Nada en especial —contestó, indiferente, y añadió—: Es una fórmula hecha.

—Ya, y al amanecer aparecen atravesados a balazos en el delta del Neva acompañando a las focas.

—Creo, Dora, que fantaseas en exceso. —Y sonrió.

—¿Fantaseo?

Litonev asintió.

—¿Dónde dejaste a tu apuesto detective? —le preguntó ella, dando otra calada.

—Quedó en Leningrado.

—Supongo que la próxima vez me lo presentarás.

—¿Andas buscando al cuarto marido?

—Es posible.

Dicho esto, Dora Fischer arrojó la colilla a la nieve y la pisó. Después se subió las solapas del abrigo y, antes de despedirse, le indicó:

—Ayer creaste un buen revuelo.

—¿De qué hablas?

—De enviar soldados armados a la sede de la NKVD. En las calles de Leningrado se interpretó como el comienzo de una revuelta popular.

—Ya te dije que fantaseas mucho.

La mujer sonrió, y se perdió entre el bullicio de la Plaza Roja con su cámara en bandolera.

La tarde transcurrió para el comandante entre comidas oficiales y presentaciones en compañía del alcalde. Las intrigas se mascaban en el aire y las búsquedas de aliados entre las diferentes familias de los asistentes convertían el Kremlin en un estercolero tenso. Los más solicitados eran Stalin y Yagoda. «El nuevo Iván el Terrible y su brazo armado», se dijo Litonev. Nada de aquello le seducía; al contrario, deseaba que las horas transcurrieran deprisa para recostarse en la cabina del expreso, dedicarse a la lectura del diario de Nikolayev y arribar cuanto antes a su amado Leningrado.

Eran las ocho de la tarde cuando la delegación del Báltico ascendió al tren. Litonev se dirigió a su compartimento y, depositando el equipaje en el reposabultos, cerró la puerta con llave. No quería molestias. Se quitó la *ushanka*, las botas y el abrigo y se tumbó en la litera con las fotografías de las hojas del diario. Apartó las que ya había leído. Luego buscó el folio en el que había reflejado el listado con los nombres aparecidos en las páginas anteriores. Los contó: catorce. Casi todos conocidos de Nikolayev en su estancia en el campo de Murmansk o en el poblado de Pudozh, excepto Antonov y Zvyezdov que trabajaban con él en la guardia del Soviet.

El tren arrancó.

La lectura de las fotografías siguientes no ilustraba sobre nada nuevo. Las mismas quejas contra la burocracia, contra su marginación de los puestos de mando, contra la incomprensión que sufría en el trabajo, en casa y hasta en las tabernas. Alguna hoja estaba dedicada al seguimiento al que sometía a su esposa. Y otras hacían referencias constantes a la formación de un pequeño grupo terrorista, a imagen de la disciplinada y minúscula organización Narodnaya Volya que había operado durante el zarismo.

Dejó las fotos sobre el pecho. «No tiene sentido que la NKVD buscase este diario. No contiene nada de interés que hiciese peligrar los cimientos del estado soviético», reflexionó. De repente, el manillar de la puerta se giró. Su mano se aferró instintivamente a la Tokarev. La manilla no volvió a moverse. «Falsa alarma. Alguien que se equivocó», se dijo, y regresó a la lectura.

No apareció nada interesante en las siguientes. Sin embargo, una anotación le hizo gracia:

> ...la luna luce en el cielo en todo su esplendor...

Miró la fecha: 21 de noviembre de 1934. Se levantó y rebuscó en su maletín hasta dar con un calendario, que consultó. «Esa noche había luna llena. Hasta esas tonterías tenía que apuntar», se dijo con una sonrisa y lanzó un gruñido. Después cogió otra hoja y leyó sus primeras líneas. De súbito dio un brinco y se sentó en la litera.

—¡Mierda!

> ...el subjefe Zaporozhets ha pasado por la guardia del Soviet a saludarnos. Incluso conocía mi nombre... 24 de noviembre...

«Seis días antes del atentado. ¡Claro!», se dijo, y dio un puñetazo sobre la palma de la mano. La comprensión le llegó con tanta nitidez como la luna llena había acudido aquel día a los ojos de Nikolayev.

El jefe del laboratorio de revelados, Volosov, dijo que los agentes de la NKVD le habían entregado el diario siete días antes para fotografiarlo. «Seguro que Zaporozhets lo leyó, y a partir de ahí se hizo el encontradizo».

...hablo con el subjefe y se muestra partidario de mis opiniones...

...Me indica que Kirov intentó seducir a mi mujer en una ocasión que...

...Kirov sustituyó a Kámenev en el Soviet y todo ha ido de mal en peor...

...Si Kirov muriera, la marea revolucionaria regresaría y a los auténticos bolcheviques nos correspondería un lugar en la Historia...

...Los burócratas me han expulsado de la guardia del Soviet. Estoy desesperado. No sé qué va a comer mi familia. El subjefe se ha sincerado y me ha dicho que fue Kirov el que exigió mi expulsión....

...el dinero se ha terminado, tenemos que pedir prestado algo a...

El resto indicaba lo evidente: la defunción espiritual de una persona. Aquellas hojas demostraban a los ojos de cualquiera que el subjefe conocía el desequilibrio de Nikolayev y fue manipulándolo hasta convertirlo en el arma ejecutora. Desesperado, pobre e inestable, Zaporozhets lo tenía donde quería, hasta que el infeliz explotó.

...Ahora estoy listo para cualquier cosa y nadie me puede detener. Estoy haciendo preparativos como Zhelinbov...

«Seguro que fue el subcomisario quien maquinó para que se le expulsara de la guardia del Soviet», concluyó.

«Zaporozhets... Tal vez Yagoda... ¿Stalin...?». La cadena de mando se le presentaba clara. Le faltaba conocer dónde se encontraba el vértice. Sin embargo, mirasea donde mirase, ante sí sólo veía precipicios.

Apenas había pegado ojo en toda la noche, repasando decenas de veces aquellas fotografías. «El diario original se lo entregué a Drijanov. Si lo ha leído, sabe de la implicación de Zaporozhets», se dijo. «O a lo mejor...». Le diera las vueltas que fueran, no llegaba a comprender cómo el subjefe había podido justificar su intervención en aquel asunto ante el comisario. Y una hipótesis le machacó: «¿Estará implicado también?».

El tren llegó puntual a la estación de Leningrado y Litonev se apeó de inmediato. Se situó en medio del andén buscando al comisario Drijanov. Lo localizó descendiendo del vagón de cabeza y se dirigió hacia él a grandes zancadas. Al alcanzarlo, le abordó:

—Camarada comisario, han aparecido nuevos elementos en la investigación que aconsejarían adelantar la reunión.

Drijanov le dijo con flema:

—No va a haber tal reunión.

Litonev empalideció y apenas pudo articular:

—¿Cuál es el motivo?

—Stalin ha anunciado que, a partir de este momento, él dirige la investigación.

15
Interrogatorios

La orden de detención para los supuestos cómplices de Nikolayev llegó desde Moscú y se extendió hasta el Estrecho de Bering. Iba firmada por el propio Stalin, con fecha del mismo día de su regreso en tren, tras el funeral de Kirov.

Milicianos y agentes de la NKVD se desplegaron en la búsqueda y captura, y, en unas pocas horas, desde el nevado Moscú a la inhóspita estepa siberiana, pasando por el campo de Murmansk o el poblado de Pudozd, se sucedieron los arrestos. De inmediato, los furgones cargados con los detenidos se dirigieron veloces hacia Leningrado y llegaron apenas unas horas antes de que lo hiciese el tren que transportaba a Stalin y a Yagoda desde el Kremlin.

La lista de los detenidos había llegado también al cuartel de la Milicia en Leningrado con la indicación de que nombrasen dos investigadores para acompañar a Stalin y a los policías políticos en los interrogatorios, que se celebrarían en los salones del Palacio de Invierno.

Litonev leyó la relación y se inclinó hacia atrás en el sillón. Aquellos nombres le resultaron familiares. Sacó del cajón del escritorio la hoja en la que había anotado los de los conocidos de Nikolayev que figuraban en su diario. Cotejó las listas: coincidían perfectamente. Estaba claro: la NKVD no había hecho ninguna investigación, se había limitado a elevar al rango de sospechosos —más bien al de cómplices necesarios o al de autores— a todas las personas que habían tenido algún contacto con el asesino.

Encendió un cigarro y sus pensamientos se centraron en la razón por la que Stalin, el jefe del todopoderoso Partido Comunista de la Unión Soviética, pretendía dirigir personalmente los interrogatorios. «No tiene sentido, carece de experiencia... Como no sea para incrementar su popularidad entre las masas», reflexionó.

—¿Me hizo llamar? —preguntó Markus, el jefe de detectives, entreabriendo la puerta.

—Sí, pase. ¿Cómo va todo?

—Las compañías se han desplegado en tres círculos concéntricos alrededor del Palacio de Invierno, como usted ordenó.

—¿Se les han trasladado las instrucciones?

—Los jefes de sección tienen muy claro que hay que impedir el paso a todo aquel que no esté acreditado.

—¿Qué sabemos de Stalin y Yagoda?

—Ahora están en el hotel. Su llegada al Palacio está prevista para dentro de una hora.

Litonev consultó el reloj y apuró la colilla para aplastarla en la porcelana Gzhel.

—¿Los detenidos?

—Se encuentran en los calabozos de la NKVD.

—¿Quién hará el traslado?

—Ellos.

—¿Sabe a quiénes han designado para la mesa de interrogatorios?

—Sí. A Stalin le acompañará Alexander Poskrebyshev, su secretario, y a Yadoga, Drijanov.

—¿Qué sabemos del subcomisario Zaporozhets?

—No está citado.

—Mejor.

—¿Quién irá por la Milicia, comandante?

—Había pensado que me acompañara usted.

—Prefiero no hacerlo, si a usted no le importa.

—¿Cuál es la razón? —preguntó extrañado Litonev.

—En realidad son dos. Si los jefes de la NKVD están presentes, a nosotros sólo nos quieren de comparsas. Creo que debería acompañarle el muchacho. Mijalik es espabilado, aprende rápido y sabe callar.

Litonev asintió.

—¿La segunda razón?

—Ah, sí. No quiero que me ocurra lo mismo que en Moscú en el veintinueve.

—¿Qué le pasó?

—Tenía encomendada la seguridad de Stalin y del Politburó en el desfile del 1 de mayo. Alguien de los míos no inspeccionó bien los bajos de la tribuna y colocaron una bomba. Menos mal que era de fabricación casera y no explotó.

—Es curioso que lo mencione. El otro día hablaba de ese atentado con mi mujer.

—Comprenderá que no quiero que me pase lo mismo, por lo que prefiero rastrear personalmente los rincones del Palacio.

—¿Se llegó a detener a los autores?

—No, y nadie lo reivindicó jamás.

—Leí que habían sido dos hombres.

—Esa fue la hipótesis que barajamos basándonos en las declaraciones de los testigos. Dos muchachos pelirrojos, más exactamente.

—¿Pelirrojos? —preguntó Litonev frunciendo el ceño.

—Sí, ya ve qué pista más sólida —comentó irónico—. La mitad de la población moscovita como sospechosa. Incluso llegamos a confeccionar un retrato robot, pero nada.

—¿Conserva esos retratos?

—Creo que sí. ¿Le interesan?

—Bueno, por curiosidad —dijo el comandante, encogiéndose de hombros.

—En cuanto los encuentre, se los enseño.

Litonev asintió y le dijo:

—Dígale, pues, a Mijalik que esté preparado. En una hora salimos hacia el Palacio de Invierno.

Dicho esto, el veterano jefe de detectives abandonó el despacho con una inclinación de cabeza.

De inmediato, el comandante se recostó de nuevo en el sillón y abrió una agenda en la que había detallado una serie de puntos. Los repasó detenidamente, como preparándose para los interrogatorios. La primera anomalía era el revólver Nagant que se utilizó en el atentado y que pertenecía al depósito de la NKVD. Litonev anotó al margen: «Averiguar el camino de esta arma desde el armero hasta las manos de Nikolayev». Y de inmediato recordó que Nikolayev había sido detenido en varias ocasiones intentando acceder al Soviet con el Nagant, así que un poco más abajo, apuntó: «¿Por qué razón el subcomisario ordenó su libertad?», escribió. Continuó razonando. «Tercero: Zaporozhets se hace el encontradizo con el asesino seis días antes del magnicidio y uno después de que fotografiaran el diario», y subrayó el punto en el diario. «¿A las órdenes de quién estaba el que atentó contra mí y Dora Fischer en el hotel?». Por quinta anomalía anotó el asesinato de Borisov, agregando en letras de molde: «Los tres cumplían órdenes de Zaporozhets». Aún alcanzó a añadir dos notas más: una sobre la grabación y la hora de la llamada; y la otra, acerca de la manipulación del subcomisario a Nikolayev. «Inducción al asesinato», apuntó.

—Ah, que no se me olvide —exclamó.

Y anotó deprisa: «Octava: ¿quién expulsó a Nikolayev de la Milicia?».

—Comandante, cuando usted quiera —dijo el joven detective Mijalik, entreabriendo la puerta.

Minutos después, ambos, en la parte trasera del vehículo oficial de la Milicia, iban camino del Palacio de Invierno. Litonev repasaba en silencio las anotaciones de la agenda, cuando Mijalik sacó un paquete de Lucky Strike y le ofreció un cigarro. El comandante lo aceptó, sospechando que acababa de averiguar quién era el nuevo confidente de Dora Fischer y, posiblemente, su próximo marido. Y sonrió mientras expulsaba el humo.

El coche traspasó los tres cordones de seguridad y estacionó a la vera de la estatua de Lenin. Una gaviota se había posado sobre el brazo extendido de la efigie, lo que se le antojó al comandante que convertía al monumento del líder bolchevique en una especie de homenaje a los campeones de la cetrería o a los cazadores nómadas de Gengis Kan.

Hacía frío, pero, en el cielo despejado, el sol incidiría sobre la fachada del Palacio de Invierno resaltando aún más su fantasía rococó y haciendo más visible el tenue contraste de sus colores verdes y grisáceos. Algo que, si en otro momento hubiese interesado al comandante, en éste le importaba un carajo, pues su mente sólo tenía espacio para los vericuetos que habían llevado al asesinato de Kirov.

Al entrar en el edificio, el sargento de cara de niño y bigote estaliniano, situándose a la izquierda de Litonev y el detective, los guió por los amplios corredores hasta la puerta de una sala. Dentro se encontraban el escuálido y ojeroso Yagoda y el regordete jefe de la NKVD en Leningrado, Boris Drijanov. Después de los saludos de rigor, permanecieron de pie esperando la llegada de Stalin.

Litonev escrutó el habitáculo: paredes sobrias con los retratos de Marx, Engels, Lenin y Stalin; en medio, una mesa ovalada con tapete verde, sobre el que habían colocado un montón de papeles, una máquina de escribir y dos flexos orientados hacia una silla. «Ahí sentarán al detenido», se dijo el comandante.

Stalin se presentó de inmediato acompañado del jefe de sus secretarios personales, Alexander Poskrebyshev. Éste, después de las presentaciones, depositó su maletín en el suelo, se sentó delante de la máquina, se calzó las gafas, introdujo un folio en el rodillo y comenzó a teclear, como probando el aparato. Vestía guerrera militar sin insignias y era calvo, maduro, con el rostro cruzado por cicatrices de acné. Stalin, de pie, hablaba con ellos del viaje y de la transformación de Leningrado desde la caída de los zares, al tiempo que rellenaba la pipa con Herzegovina Flor. Sus cincuenta y seis años se dejaban ver en el rostro de una manera brutal. No era la semblanza que ocupaba la Unión Soviética desde grandes retratos. Al contrario, sus mofletes colgaban fláccidos y su tez cetrina se mostraba salpicada de viruela, sin llegar al extremo de su secretario. No tenía nada que ver con la imagen épica que aparecía en las imágenes del *Pravda* o en los cuadros de los pasillos de los edificios oficiales. «Hay que elevar a los fotógrafos a la categoría de artistas», pensó Litonev. La estampa de Stalin se le ofreció más tosca que la que había percibido el día del funeral; incluso parecía competir con la achaparrada figura de Drijanov.

Con un gesto de la mano, el secretario indicó que podían empezar.

—Señores —dijo Stalin, señalando los asientos con la boca de la cachimba, y él mismo se sentó, presidiendo la mesa, a la derecha de su secretario.

A continuación se ubicaron Yagoda y Drijanov. En el lado opuesto, el comandante y el detective. Stalin encendió la pipa, lo que constituyó un permiso implícito, dirigido al resto de los presentes, para fumar. Mijalik hizo amago de sacar el paquete de Lucky Strike, pero el comandante se lo impidió agarrándole el brazo.

—Fume del mío, camarada —dijo, y le tendió un cigarro de Zalotoe Runo.

Instantes después, el secretario se levantó y se dirigió a la puerta. Tras una serie de gestos a los policías del pasillo, regresó a su puesto ante la máquina. Al momento, dos agentes de la NKVD se personaron con un detenido. Era alto, moreno, con la ropa hecha jirones; caminaba con dificultad, posiblemente por golpes de las culatas de fusiles recibidos en las piernas. Su rostro estaba cubierto de moratones, con el tabique nasal roto, marcas de navaja en los pómulos y el globo ocular derecho casi fuera de su cuenca. Lo sentaron en la silla opuesta a Stalin y encendieron los focos, que dirigieron hacia el preso. Litonev observó quemaduras de cigarro en el dorso de las manos.

—Es Antonov, de la guardia del Soviet —informó el joven detective al oído al comandante.

El secretario inquirió al detenido por su nombre, estado civil y domicilio, y éste contestó con desgana. Después de que las respuestas se teclearon sobre el papel, Stalin se levantó; paseando con la pipa en la mano, parecía un espectro entre la bruma de los cigarros y la oscuridad de la sala. De repente, preguntó:

—¿Conoce a Nikolayev?

—Sí.

—¿De qué lo conoce?

—Pertenecíamos a la misma sección de seguridad de la Milicia, en el edificio del Soviet.

—¿No es verdad que ambos pertenecían al Centro Terrorista de Trotsky, Zinóviev y Kámenev?

—Nunca he oído hablar de ese Centro.

—Pero usted firmó una declaración en la que confiesa su militancia en esa organización.

—Firmé todo lo que me pusieron delante. Sólo quería que cesasen las torturas.

—O sea que ahora se desdice.

—Ahora digo la verdad.

—¿Quién entregó el Nagant a Nikolayev?

—Yo no.

—¿Supo de ese revólver?

—Sí.

—¿Cómo?

—Apareció en mi taquilla.

—Apareció en su taquilla... ¿Por arte de magia?

—No lo sé. Está claro que alguien lo puso allí.

—¿Qué hizo con él?

—Lo comenté con mi compañero Zvyezdov y me dijo que él se hacía cargo.

—Luego se lo entregó a Zvyezdov.

—Sí.

—¿Le dijo qué había hecho con el Nagant?

—Que lo había vendido por quinientos rublos y me entregó la mitad.

—¿Le dijo a quién?

—No.

—¿Conocía a Kirov?

—De vista. Lo veía casi todos los días en el Soviet.

—¿Qué opinión le merecía?

—Con nosotros siempre se portó bien.

—¿Conoció a Kámenev?

—No.

—¿A Zinóviev?

—No.

—¿A Trotsky?

—No.

—Pero... usted ha firmado que le unía una gran amistad con los tres.

—Ya dije que firmé todo lo que me pusieron delante sin leerlo.

En ese momento, el joven detective deslizó una nota hacia el comandante. «¿Puedo intervenir?», se leía. Litonev aferró el lápiz con furia: «No. Aquí sólo pregunta Stalin», escribió, para devolverle de inmediato el papel. «Vaya mierda», garabateó Mijalik en el margen.

Después de una hora, en la que Stalin repitió una y cien veces las mismas preguntas y obtuvo las mismas respuestas, los agentes de la NKVD se llevaron al detenido. En ese momento, Stalin, sin dejar de pasear, esgrimió:

—Señores, esto nos demuestra una conspiración orquestada desde el extranjero por Trotsky con apoyo interior de Kámenev y Zinóviev contra el proletariado soviético.

Mijalik deslizó otra nota hacia el comandante. «¿De dónde cojones deduce todo eso?», leyó Litonev. Al instante, apuntó, airado: «No pase más escritos. Es una orden».

A continuación, la puerta de la sala volvió a abrirse y mostró a dos agentes de la NKVD con un nuevo detenido. Era bajo, pecoso y con los pelos de punta. Físicamente se encontraba en las antípodas del anterior, pero sus marcas en el rostro, sus andares, las quemaduras en el dorso de las manos y su cojera evidenciaban que sus interrogadores habían sido los mismos.

—Es Zvyezdov, el otro guardia del Soviet —susurró el detective al comandante.

—¿El hermano de la bailarina que se entiende con Drijanov? —le preguntó Litonev, tapándose los labios con la mano.

El detective asintió; entonces, el comandante anotó una nueva orden en un folio, que le mostró: «Observe los gestos de Drijanov».

La escena y las preguntas se repitieron con el nuevo sospechoso. Sólo hubo dos diferencias: la primera, confesó que él había entregado a Nikolayev el revólver que había encontrado Antonov; la segunda, negó con virulencia que conociera la existencia de un Centro Terrorista dirigido por la troika formada por Trotsky, Kámenev y Zinóviev.

Al terminar el interrogatorio, el comandante vio cómo el secretario sacaba del maletín un cuaderno que colocó a su derecha. Por la portada, le pareció el diario del asesino. Antes de que entrase el siguiente detenido, el secretario lo abrió, buscó una página, leyó algo y lo cerró de nuevo.

Las horas siguientes transcurrieron con los interrogatorios a compañeros de Nikolayev en el campo de trabajos forzados de Murmansk y de conocidos en el pueblo de Pudozh. El comandante había leído sus nombres en las fotografías del diario: Katalynov, Levin, Mandelshtam, Shatsky, Myasnikov... Las heridas en sus cuerpos, por su parte, eran idénticas a las de los dos anteriores.

Y Stalin proseguía, una y otra vez:

—¿Se formó en Murmansk el Centro Terrorista de...?

Para recibir, de igual modo, la misma respuesta:

—Es la primera vez que oigo hablar de él.

El balance de un día al que ya le había llegado el ocaso resultaba pobre a los ojos de Litonev. Su reflexión se centraba en las técnicas que ya conocía, implementadas en los interrogatorios a prisioneros de guerra: degradarlos, presentarlos ante el mundo como caricaturas, borrar su pasado, declararles sin sentimientos humanitarios, incompetentes y, sobre todo, traidores.

—Señores, continuaremos mañana —dijo, seco, Stalin, y abandonó la sala.

Mientras el secretario recogía los folios, los ordenaba para guardarlos en el maletín, el comandante se acercó y, disimuladamente, abrió el cuaderno que reposaba en la mesa. Efectivamente, se trataba del diario de Nikolayev. Pasó las hojas deprisa, y leyó al final de la última:

...la luna luce en el cielo en toda su intensidad...

Reprimió una exclamación. Habían arrancado todas las páginas en las que se citaba a Zaporozhets.

—Mijalik —llamó Litonev, cuando quedaron a solas en la sala—, en cuanto pueda, averigüe quién recomendó la expulsión de Nikolayev de la Milicia.

El detective asintió y sentenció molesto:

—Es el peor interrogatorio al que he asistido en mi vida.

—No les interesa saber lo que ocurrió —dijo Litonev, encendiendo un cigarro.

—Es como si ya hubiesen dictado la sentencia.

—La sentencia y la verdad —afirmó el comandante, y se dirigió al ventanal.

—Pero la verdad no la podrán ocultar...

—No sea ingenuo. La está escribiendo Stalin a su antojo. Lo queramos o no.

El joven detective se arrimó a su jefe y le dijo:

—Lo que no entiendo es por qué Stalin, si no tiene ni idea, quiere dirigir los interrogatorios.

—Detective, ¿nunca ha tenido un caso de asesinato en el que el culpable, antes de ser descubierto, se presentó voluntario para colaborar en la investigación?

—He leído mucho sobre ello, pero nunca se me presentó uno.

—Pues aquí tiene el primero.

16
DESCONCIERTO

EL CAÑÓN DEL FUSIL se posó sobre la sien de un agente uniformado de la NKVD que se encontraba de rodillas. «No lo repetiré: ¿quién ordenó la muerte de Borisov?», gritó una sombra. No obtuvo respuesta. Sonó un disparo. El cuerpo del policía político se derrumbó en cuanto la bala le atravesó el cerebro, que escupió un chorro de sangre por el orificio de salida. La boca del cañón se desplazó hasta apoyarse en la nuca de otro. «Ya ha visto lo que le ha ocurrido a su compañero. ¿Quién dio la orden?». Silencio. Otro disparo. El segundo cuerpo quedó tendido a los pies de un tercer agente de la NKVD, que permanecía erguido. El fusil se giró hacia éste, que extendió los brazos, en señal de súplica y se arrodilló, confesando: «La orden la dio el subcomisario Zaporozhets. Por favor, no dispare». Dos tiros al pecho, agrupados en el corazón, fueron la respuesta de la segunda sombra, que dijo: «Lo siento. No puede haber testigos». El cielo era una mancha negra sin luna ni estrellas, pero las siluetas de Midlar, Ulrich y Drauler se dibujaban en el hielo de la desembocadura del Neva. Luna nueva: 6 de diciembre de 1934. Una de las sombras encendió un cigarro. La llama del fósforo iluminó su rostro: era Mijalik. De repente le habló a la otra: «¿Le apetece un pitillo, camarada comandante?».

—¡No!

—¿Qué te pasa, cariño? —preguntó Nadezhda, incorporándose en el lecho y encendiendo de inmediato un quinqué.

Litonev, sentado en el borde de la cama, tenía el cuerpo empapado en sudor. Sus ojos estaban desencajados y se pasaba la mano por la frente húmeda. Su esposa lo abrazó por detrás.

—¿Es por el asesinato de Kirov?

El comandante asintió. Apoyó las palmas en el nacimiento del cabello y, con violencia, las deslizó hasta la nuca. Luego agachó la cabeza.

—¡Este caso es una mierda! —exclamó, mientras se erguía con fuerza y salía de la habitación.

Un momento después, se oía el chorro de la ducha y Nadezhda se levantaba, se abotonaba la bata y se dirigía al salón. Encendió un cigarro y su mirada se clavó en un sobre sepia que reposaba sobre el suelo, cerca de la puerta del apartamento. Lo recogió y rasgó el borde. Sacó el contenido y lo ojeó. Sus ojos se humedecieron.

Al momento, Litonev se presentó en la estancia con una toalla enrollada a la cintura y secándose los cabellos con otra.

—Están ocultando algo —exclamó, casi como hablando consigo mismo—. Que Stalin quiera dirigir los interrogatorios es la prueba.

—Ya te dije que todo me parecía una imitación de lo que hizo Hitler este verano con sus opositores —dijo Nadezhda, con voz monocorde, la vista húmeda, fija en una pared del cuarto, y dando una calada sin disimular el tembleque de su mano.

El comandante, que no se percató del cambio operado en su mujer, siguió hablando:

—Es distinto. Hitler los mató en una noche. Aquí han construido un grupo terrorista ficticio. ¡Hasta lo han bautizado! «Centro Terrorista», qué ridículo. Se inventan quiénes son sus dirigentes y así, cada vez que alguien se vuelva molesto, fabricarán pruebas de que pertenece a esa organización.

Se sentó frente a su esposa y, aún frotándose el cabello, aventuró:

—No es una operación de una noche como la de Hitler, es una maniobra a medio o a largo plazo.

Nadezhda, sin responderle, le tendió el sobre abierto, preguntándole secamente:

—¿Y esto? ¿Es también una maniobra de una noche o es a largo plazo?

—¿Qué es? —inquirió él, extrañado.

—Míralo tú mismo.

Litonev lo recogió y lo giró. Carecía de destinatario y de remitente.

—¿Quién lo envía?

—No lo sé. Lo metieron por debajo de la puerta. —Y sollozó.

Al abrirlo, el comandante comprobó que contenía fotografías. Las sacó. Miró el interior del sobre, no había nota alguna. Luego volteó las fotos. En una se le veía a él con Dora Fischer saliendo del coche oficial de la Milicia frente al hotel. Pasó deprisa a la otra, en la que se les distinguía a los dos accediendo al hall acompañados del portero con la mochila. Cogió la tercera: era en Moscú, en la Plaza Roja; la periodista norteamericana se encontraba a su lado y tenía la mano metida en el bolso del abrigo del comandante.

—¡Qué hijos de puta!

—Igor, ¿qué has de decirme?

—No hay nada que explicar, Nadia. —Volteó una foto hacia ella y le dijo—: Aquí llegábamos del lugar en el que mataron a Borisov. En esta otra, entrábamos en el hotel porque ella tenía un magnetófono que permitía escuchar una cinta que protegió Borisov incluso con su vida. Y en la última, me dejaba cajetillas de Lucky Strike en el bolso para que nadie las viese.

—Y siempre a tu lado. —Sollozó de nuevo.

—Nadia, por favor.

Litonev se levantó para sentarse al lado de su esposa. Le pasó la mano por los hombros intentando acercarla, pero ella se alzó violentamente.

—¡No me toques!

—Tienes que creerme. No hay nada entre esa mujer y yo.

—El tabaco… las medias… Eran suyos, ¿verdad?

—No hay nada malo, Nadia. Es su forma de agradecerme las informaciones que le filtro.

—¿Sólo te lo agradecía así?

—¿Qué insinúas?

—Entrabais juntos a un hotel —gritó, al tiempo que señalaba la segunda foto.

—Te lo he dicho, Nadia: íbamos a escuchar una grabación.

—¿A qué hora?

—A las doce y algo.

—Igor, no llegaste a casa hasta las siete. Me acuerdo porque Yury te esperaba.

—Te recuerdo que intentaron matarme.

—¿En su habitación?

—Nadia, creo que estás sacando las cosas de quicio. Además, tengo la impresión de que el que le interesa a Dora es el detective Mijalik.

—¿Qué es, la puta de la Milicia?

—¿Es que no ves lo que está pasando? —Litonev se levantó y se acercó a su esposa. Apoyándole las manos en la cintura, añadió—: Al enviar las fotos han conseguido lo que querían: crear desconfianza entre nosotros, ponerme en una posición débil.

—No lo sé, Igor. He de pensar en ello.

Y diciendo esto, Nadia se alejó por el pasillo hasta la habitación.

Litonev se vistió despacio el uniforme, se embutió en el abrigo grisáceo, recogió la Tokarev, revisando el cargador, y la enfundó. Luego agarró la *ushanka* y, con ella en la mano, entró en el dormitorio, besó al niño y se acercó a Nadezhda para hacer lo mismo con ella. Pero la mujer lo rechazó, volteándose en la cama.

—Hablamos cuando regrese.

—Si me encuentras —respondió ella.

El comandante salió al descansillo del quinto piso y cerró la puerta con suavidad. Encendió un cigarro y se apoyó sobre la barandilla mirando al fondo del hueco de la escalera. Desde que había emprendido la investigación del atentado de Kirov y el asesinato de Borisov, a su alrededor sólo se abrían precipicios. Ahora querían destrozar su familia, ¿qué vendría luego? Esas preguntas surcaban el aire junto a las volutas del cigarro, al tiempo que llegaba a la conclusión de que había puesto muy nervioso a alguien. La verdad no podría hallarse muy lejos.

En la calle consultó el reloj. Aún era temprano para acudir al Palacio de Invierno y proseguir con unos inútiles interrogatorios dirigidos por un Stalin al que sólo le interesaba mostrar la existencia de un grupo terrorista que tenía como objetivo atacar a la clase trabajadora.

Arrojó la colilla encima de un montón de nieve y comenzó a caminar sin destino, guiándose sólo por una escuálida luna y la tenue luz de farolas que se agrandaba al reflejarse en el suelo nevado.

Su mente repasó hecho tras hecho y secuencia tras secuencia; incluso desfilaron ante sus ojos los gestos y palabras de quienes se habían cruzado en su camino durante los últimos días. Estaba cerca, lo intuía.

—¡So, caballo! —gritó un voz, para añadir—: ¡Mire por dónde camina, atontado!

Al segundo, como si el dueño de aquella voz hubiese identificado el uniforme, se excusó:

—Perdone, camarada. No le había visto.

Era el conductor de un trineo tirado por un animal retinto. Litonev alzó la mano en señal de disculpa y cruzó deprisa la calzada. Al llegar a la acera de enfrente se fijó en la fachada del edificio, una antigua tienda de la familia Eliséev que la Revolución había nacionalizado. En ese momento se percató de la zona en la que se encontraba: la avenida 25 de Octubre, la antigua Nevski Prospekt, la única vía del mundo que no conduce a ninguna parte, que se limita simplemente a cruzar una ciudad. «Tal vez el atentado a Kirov sea como ella y atraviesa la historia sin un destino», se dijo el comandante. Pero se detuvo y meneó la cabeza. «No. Tiene que haber un objetivo».

Amanecía. El cielo era rojo y negro con tintes azulados. La casualidad o su inconsciente le condujeron hasta una alambrada, de la que se aferró, introduciendo los dedos por los huecos, para mirar lo que había al otro lado. Al fondo, enormes grúas, cascarones de buques en construcción y piedras del muelle ennegrecidas de grasa. Se encontraba a las puertas de los astilleros.

—¡Alto!

Al oír aquella orden, Litonev se giró despacio. El miliciano que custodiaba el vallado le apuntaba con el fusil. Al distinguir los galones, bajó el cañón.

—Lo siento, comandante. No le había reconocido.

—No se preocupe, soldado. ¿Por dónde entran los trabajadores?

El soldado le señaló unos portones de madera cruzados de alambre al lado de una garita. El comandante asintió.

—¿Falta mucho para que se presente el turno de la mañana? —volvió a inquirir.

—Está al llegar.

—¿Conoce a Yuriv?

—¿Yuriv...? ¿El pelirrojo? ¿El de los sindicatos?

—El mismo.

El soldado afirmó con la cabeza y se colgó el fusil en bandolera. El comandante encendió un cigarro.

—En cuanto llegue, dígale que quiero verle —le ordenó.

Litonev accedió al recinto y se dirigió hacia el pretil que separaba la tierra del mar. Las aguas del Báltico, con grandes manchas de aceite, acariciaban las piedras del muro. Aun con oscuridad, sospechaba por qué había llegado a los muelles: quería cimentar su vida personal antes de lanzarse al abismo del que ignoraba si sería capaz de regresar. Tal vez aquello le había atraído a la parte oeste de la ciudad, para contemplar en aquel amanecer la isla de Kotlin y dejar que su mente se trasladase a 1921, cuando los marinos se rebelaron en la ciudad de Kronstadt contra los bolcheviques exigiendo más libertad. La represión del Ejército Rojo fue brutal. Él la conocía. Había formado parte de las compañías que asaltaron la isla y redujeron a los marinos. «La primera mancha negra en la Revolución», se dijo. Ahora se sentía como uno de aquellos descontentos, reclamando condiciones, pero cercado y esperando el asalto que lo aniquilaría.

—Me han dicho que me buscabas.

Las palabras de Yuriv obligaron al comandante a girarse, regresando al presente.

—¿Podemos pasear? —preguntó el comandante, ante lo que su cuñado asintió.

Bajo las grandes grúas y cascarones de barcos, con las aguas engrasadas del Báltico y la luz del amanecer incidiendo en el espigón, Litonev habló acerca del sobre con las fotografías que había recibido su mujer, de sus sospechas sobre el asesinato de Kirov y de Borisov y las maniobras que esperaba de la NKVD para desacreditarle y tal vez hundirle.

—¿Cuál es mi papel en este asunto? —preguntó Yuriv desconcertado.

—Te pido que, mientras dure la investigación estés muy cerca de tu hermana. Lo de las fotos puede ser sólo la punta del iceberg.

—¿Qué temes?

—Está claro que quieren presionarme y no deseo que utilicen ni a Nadia ni al niño.

—¿Por qué no envías un guardaespaldas?

—Me fío de poca gente.

—¿Crees que debo llevar un arma?

—Es lo mejor. ¿Te dejo una?

—Aún conservo la mía.

—¿Cuento contigo?

—Cuentas conmigo —dijo, al tiempo que le apoyaba las manos en los hombros, para añadir—: Pero recuerda: lo hago por el niño, no por vosotros. —Y sonrió.

Litonev asintió y le abrazó con fuerza.

—¡Eh!, aparta, que nos están viendo y van a creer que soy un confidente de la Milicia.

Después de despedirse, el comandante emprendió el sendero que le conducía directo al Palacio de Invierno.

Leningrado ya había despertado y las calles se habían llenado de vecinos en sus quehaceres diarios; los trineos tirados por caballos y los coches transitaban las riberas del Neva, despejadas de nieve. Uno de ellos, un automóvil de la Milicia, se detuvo junto a Litonev cuando éste le dio el alto para que le acercase al Palacio.

Cuando llegó, aún no se había presentado nadie del comité interrogador, por lo que se dirigió a los salones de la cafetería del Palacio. En aquellos momentos echó en falta el café turco bien cargado del subteniente Ilich.

Un camarero con chaqueta blanca y gesto agrio le sirvió una taza de té negro acompañada de un bol con *kasha* de copos de avena. Había dado un sorbo largo a la infusión e introducido la cuchara entre los copos, cuando distinguió a un Mijalik exultante que accedía a los salones.

—Creo que esperaba esto, camarada comandante —dijo el joven detective, tendiéndole una carpeta.

Litonev la abrió. Contenía los documentos que aclaraban la expulsión de Nikolayev de la guardia del Soviet: un informe del subcomisario Zaporozhets dirigido al comandante en jefe de la Milicia, Ulianov, recomendándosela y, en otra hoja, la destitución firmada por Ulianov. Estaba claro de dónde había partido todo. Litonev debía acercarse al hospital para que Ulianov ratificase lo que acababa de leer.

—¿Quiere desayunar, detective?

—Gracias, pero ya desayuné con Dora en…

El detective se detuvo, mordiéndose el labio. Litonev, por su parte, ladeó la cabeza, y una sonrisa cortó su rostro.

—Así que ahora, si me apeteciera un Lucky Strike, he de pedírselo a usted.

Mijalik sacó un paquete y le ofreció un cigarro, que el comandante aceptó.

—Una pregunta, detective. La noche que me llevó los nombres de los asesinos de Borisov a la puerta del hotel, ¿distinguió usted a alguien con una cámara por los alrededores?

—No. ¿Por qué lo pregunta?

El comandante, acercándose más, le contó acerca del sobre con las fotos y las tensiones que le habían creado con su esposa.

—Así que nos vigilan —comentó un pensativo Mijalik.

Litonev asintió, entornado los ojos.

—¿Hasta dónde creen que hemos averiguado? —insistió el detective.

—No lo sé, pero saben lo importante: que no nos tragamos el teatro de Stalin y Yagoda

—¿A quién hay que interrogar esta mañana?

Litonev sacó del bolso del abrigo la hoja con los nombres del diario de Nikolayev; había tachado todos, menos uno. Era la única mujer.

—Sospecho que hoy nos traerán a esta Elizabeth Lermondo.

—¿Quién es?

—Una prisionera de Murmansk que intimó con Nikolayev.

—¿Qué puede saber ella del atentado?

—Seguro que nada, como el resto. Son los figurantes de esta farsa.

—¿Podría excusarme en el interrogatorio?

Litonev le miró extrañado.

—¿Qué piensa hacer? —preguntó.

—Si fue la NKVD la que sacó las fotos, seguro que, para revelarlas, utilizaron de nuevo a Volosov.

—No pueden ser tan zafios.

—La prepotencia y la inmunidad en la que se mueven son las que les hacen torpes.

El detective se despidió y el comandante terminó con calma los copos de avena y dio el último sorbo al té negro, ya frío. Luego encendió el cigarro que le había entregado Mijalik, aspiró lentamente, como si saboreara el último Lucky Strike de su vida, se inclinó hacia atrás en el butacón y esperó.

—Es raro encontrarle en estos lugares, camarada —dijo una voz áspera a la espalda del comandante.

—Lo que no es extraño es encontrarle a usted, subcomisario.

—¿Quiere decir que me esperaba? —preguntó Zaporozhets, situándose enfrente de Litonev.

—Es posible —respondió displicente el comandante, observando los profundos surcos en su enjuto rostro.

—¿Puedo? —preguntó el subcomisario, señalando uno de los asientos vacíos.

—¿Le apetece desayunar?

—Gracias, comandante. Tengo por costumbre desayunar en casa.

—Ah, es verdad, subcomisario. Me olvidaba de que usted sólo acude a estos lugares para intrigar.

—¿Qué insinúa? —preguntó molesto Zaporozhets.

—No insinúo nada. Afirmo.

—Veo que no se anda con rodeos. Está bien, ¿qué quiere?

—Felicitarle.

—¿A mí?

Litonev asintió.

—¿Se puede saber por qué?

—Porque preparando operaciones secretas es usted el número uno. El número uno de los chapuceros.

Zaporozhets tragó saliva y el comandante prosiguió:

—En el atentado a Kirov ha dejado usted una docena de cabos sueltos.

—¿Me está acusando o simplemente provocando, comandante?

—Ni una cosa ni otra, subcomisario. Me limito a elogiarle: nunca había conocido a un mando de la NKVD tan lerdo como usted.

—No será usted quien me saque de mis casillas. —Y sonrió torvamente.

—¿Le apetece? —preguntó el comandante, ofreciéndole un Zolotoe Runo.

—Sabe que ni fumo ni bebo.

—Ah, es verdad. —Litonev encendió un nuevo cigarro y añadió—: Usted tiene otros vicios.

—Le he dicho que no va a conseguir provocarme. Pero tal vez me pueda contestar a una pregunta.

Una indicación del comandante le animó a seguir. El subcomisario extrajo tres fotos de su bolso y las depositó sobre la mesa. Eran los retratos de los agentes Midlar, Ulrich y Drauler.

—Tengo una duda y tal vez usted, como antiguo detective de homicidios, me pueda ayudar.

—Pruebe.

—Como ve, las facciones de Midlar y Ulrich resultan irreconocibles. Las descargas desfigurando sus rostros me sugieren mucha ira. Sin embargo, a Drauler le disparan en el pecho. Hay menos violencia en su asesinato.

Litonev dio otra calada.

—Si lo llego a saber —respondió con sarcasmo—, hubiese traído la foto del cuerpo de Borisov, para que usted especulase si esos tres mostraron o no saña en su asesinato.

—Creo que... —prosiguió el subcomisario, como si no le hubiese oído— los dos primeros no confesaron lo que el asesino pretendía, pero Drauler les dio algún nombre.

—Pero lo que no consiguieron esos tres fue descubrir la grabación que guardaba Borisov.

El subcomisario, sin responder, cogió la foto de Drauler y especuló:

—Es curioso, los dos impactos en el pecho están agrupados, como los que presentaba Trevor Suslov.

—Ah, ¿se refiere al recepcionista que nunca perteneció a la NKVD?

—Su deber, comandante, es colaborar con nosotros —expresó grave.

—Una pregunta, subcomisario: ¿era usted tan eficiente cuando trabajaba codo a codo con la policía zarista delatando bolcheviques?

Y se levantó, aplastando la colilla en el cenicero.

—Espere —dijo Zaporozhets, agarrándole del brazo.

—¡Suélteme!

—No deberíamos enfrentarnos, comandante.

—Eso debió pensarlo antes de ordenar la muerte de Borisov y de enviar las fotos a mi esposa.

17
LA AUSENCIA DE LÓGICA

STALIN Y YAGODA se retrasaron aquella mañana. «Cuestiones de Estado», justificó Alexander Poskrebyshev, el secretario de aquella comisión de investigación.

—¿Y su detective? —preguntó Poskrebyshev.

—También se retrasará —respondió Litonev.

—¿Razones?

—Está interrogando a unos sospechosos de causar destrozos al patrimonio histórico.

El secretario tecleó la justificación en la máquina. Drijanov, el jefe de la NKVD en Leningrado y tercera persona en aquel salón, observaba el paseo rutinario de los guardias en el exterior del Palacio, a través del ventanal. De repente, requirió al comandante para que se acercase.

Litonev se encaminó hacia la cristalera y se detuvo a la derecha de Drijanov, también de cara al exterior. Nada de lo que vio parecía importante y no encontró ninguna razón que justificase la llamada. Tal vez consciente de ello, el jefe de la NKVD le susurró:

—Gracias por no haber preguntado ayer al guarda Zuyezdor por su hermana Elma.

El comandante había comprendido: Drijanov no había querido mostrarle algo, sino evitar que el secretario no le leyese los labios.

—¿La bailarina? —preguntó entonces Litonev, también sin voltearse. Cuando Drijanov asintió, añadió—: Nunca pensé que airear su amistad con ella aclarase algo del asesinato de Kirov.

—Gracias de todas formas, comandante.

—A usted le unía una gran amistad con Kirov. Incluso coincidían en esa afición al ballet.

Drijanov volvió a asentir.

—Luego —continuó Litonev—, usted es uno de los más interesados en averiguar quién lo mató.

—Eso ya lo sabemos: fue Nikolayev.

—Se lo planteo de otra manera: ¿le gustaría descubrir si detrás de Nikolayev había alguien más?

—Por supuesto.

—¿Fuera quien fuese?

—Como si es el mismo Stalin.

Se oyeron pasos acercándose a la sala y los dos se giraron hacia la puerta. Stalin entró seguido de Yagoda y pareció extrañarse de que faltase el detective, pero no dijo nada, limitándose a leer las líneas que había escrito el secretario.

—Ah, el destrozo del patrimonio —exclamó—. Vandalismo contrarrevolucionario.

Luego se quitó el abrigo y lo colgó en el perchero. Yagoda le imitó. «Hoy trae mejor cara», pensó Litonev. «Al acompañar a Stalin ayer por la noche, seguro que no pudo emborracharse».

—Siéntense, camaradas —ordenó Stalin. Luego de que cada uno ocupara el asiento del día anterior, preguntó al secretario—: ¿Quién es el siguiente?

—Elizabeth Lermolo.

Stalin realizó un movimiento con la mano y Poskrebyshev se levantó y se dirigió a la puerta. El secretario se asomó al pasillo y después regresó a su asiento. Al cabo de un minuto, dos agentes de la NKVD presentaron en la sala a una mujer alta, de pelo rubio corto, con ojos azules y andares altivos. Aunque iba vestida con harapos, no podía disimular sus ademanes refinados. Se sentó donde le indicaron los guardias y lanzó una mirada desafiante a los demás. A diferencia de lo ocurrido con los detenidos anteriores, los interrogadores había respetado su rostro, pero el dorso de las manos mostraba quemaduras de cigarros y el borde de sus uñas, rotas, se hallaba cubierto de sangre seca.

—¿Sabe quién era Kirov? —preguntó de repente Stalin.

—Sí, sé quién era.

—¿Sabe que lo mataron?

—Sí, me enteré por la radio

—¿Sabe cómo murió?

—Lo mató Nikolayev, ¿no es verdad?

—Ayudado por los enemigos de la clase obrera —acotó Stalin, y se alzó de golpe para preguntar—: ¿Cómo consiguió el revólver?

—Lo ignoro.

—¿Cómo se convirtió en esa alimaña?

—No lo sé.

—Yo se lo diré: fueron los confinados en el campo de Murmansk los que le instigaron a matar.

—No lo sabía. —Y frunció el entrecejo.

—Entonces, ¿quién le convenció?

—Ya le digo que no lo sé.

—¿Qué opina sobre disolver la NKVD y los campos de concentración, y dejar la represión sobre los *kulaks*?

—Me parece muy bien. —Y sonrió.

—¿Cuándo decidieron los zinovievistas y los guardias blancos ejecutar a Kirov?

—Los guardias blancos que yo conocí nunca hablaron de atentar contra Kirov. Respecto a los zinovievistas, no sé ni quiénes son.

—Algunos de los que servían en Murmansk eran zinovievistas: Katalynov, Levin, Mandelshtan, Shatsky, Myasnikov…

—Ya le digo que no sé quiénes eran esos.

—¿Existía en el campo de Murmansk el Centro Terrorista Trotskista-Zinovievista?

—Lo ignoro. Es la primera vez que me hablan de él.

Stalin prosiguió con el interrogatorio repitiendo las preguntas que había realizado a los otros detenidos. Las respuestas recibidas no se alejaban en exceso a las anteriores.

—Usted se contradice, ya que firmó que conocía los planes del Centro Terrorista.

La mujer, esgrimiendo una sonrisa, alzó sus manos mostrando las uñas y las quemaduras, y dijo con calma:

—Como ve, lo firmé con alguna que otra presión.

Stalin, visiblemente molesto, comenzó a pasearse por el salón. De repente se detuvo, tomó la pipa, presionó el tabaco dentro de la cazuela con el pulgar y después la encendió. Aspiró, recogió unos papeles de encima de la mesa, los leyó y preguntó:

—¿Usted conocía a la tía de Nikolayev?

—Así es.

—En cierta ocasión le prestó dos rublos a la mujer.

—Efectivamente.

—¿Cuánto tardó en devolverlos?

—Nunca le recordé la deuda.

—¿Y a Nikolayev?

—Tampoco. Además, no sabía cuál era su dirección,

—Él sí conocía la suya. Hasta la tenía anotada en su cuaderno. —Y alzó el diario.

—Su tía y yo vivíamos en la misma casa.

—¿Cómo tenía él su dirección?

—Ya le he dicho que…

—No gana nada prolongando esto.

En ese punto, Litonev cruzó una mirada molesta con Drijanov, pero el interrogatorio no cesó. Ambos pensaban que Stalin no había comprendido aquella respuesta tan lógica y seguía dando vueltas al mismo interrogante como un animal ciego alrededor de una noria.

—Usted se casó con un guardia blanco en el campo de…

—¿Tiene algo en contra? —respondió desafiante la mujer.

—Los guardias blancos son enemigos de la Revolución.

—A estas alturas también lo son los mencheviques, los anarquistas, los *kulaks*, los trabajadores y dentro de poco los propios bolcheviques.

—¡Responda a lo que se le pregunte! —gritó Stalin dando un puñetazo en la mesa.

—Eso hago.

—¿Usted firmó esta declaración? —Y alzó una hoja que le pasó el secretario.

—Sí, después de doce golpes con toallas mojadas, de tres uñas arrancadas y de cinco cigarros apagados sobre mis manos.

—Usted firmó que conocía al Centro Terrorista.

—Y hubiese firmado que mi madre le robaba dulces en el colegio al mismísimo Lenin. ¿Es que no se da cuenta?

—¡Llévensela! —ordenó Stalin fuera de sí.

Elisabeth Lermolo se levantó desafiante, sin apartar la mirada de él, que apretó los labios alrededor de la pipa y bajó los ojos. Con pasos airosos y escoltada por los agentes de la NKVD, la mujer caminó con la cabeza alta hacia la salida.

—¡Salud, camaradas! —se despidió, ya en el marco de la puerta.

Stalin retomó su paseo inquieto por la sala. No había conseguido de la mujer su defunción espiritual, ni condenarla a la insignificancia ni que confesara según sus deseos. Se atusó los cabellos, miró el reloj y preguntó al secretario:

—¿Quién queda?

—El asesino: Nikolayev.

—Le interrogaré por la tarde. Ahora, asuntos de estado requieren mi atención.

Y salió furibundo del salón con grandes zancadas. Yagoda recogió el abrigo y la gorra de plato y le siguió a través del corredor. En la estancia, el secretario, indiferente, ordenó las actas y separó el papel carbón con delicadeza. Después los guardó con discreción en su cartera. Drijanov se acercó al comandante.

—Si le apetece, almorzamos juntos —le propuso—. Así tenemos esa reunión que pospusimos en Moscú.

En ese momento, Litonev distinguió a Mijalik, que se acercaba por el pasillo con el semblante risueño.

—Creo, comisario, que me traen trabajo. ¿Lo dejamos para mañana?

Drijanov asintió y se despidió. Litonev, por su parte, se dirigió hacia el joven detective.

—¿Qué averiguó?

—Lo que sospechábamos: las fotos las sacó la NKVD y se las llevaron a revelar a Vosolov.

—¿Sabemos de quién cumplían órdenes?

—Del de siempre.

—Vosolov, ¿firmaría una declaración?

Mijalik sonrió y sacó del bolso de su abrigo un papel que entregó al comandante. Éste distinguió la letra y la firma del jefe del laboratorio fotográfico.

—Buen trabajo, detective.

—Aún le tengo otra sorpresa, camarada.

—¿De qué se trata?

—Sígame —le indicó, poniéndose en marcha por el amplio pasillo del Palacio de Invierno hacia los soportales exteriores.

En el portón de acceso, desde el alto de los escalones, se veía la gran explanada de la plaza. En el centro, detenido al lado del obelisco, había un trineo tirado por dos caballos. De pie, sobre el empedrado, junto al vehículo, dos mujeres con pañoletas en la cabeza. Una de ellas parecía mecer un bebé. Al fijarse mejor, el comandante distinguió a Dora Fischer y a Nadezhda con el niño. Entonces, interrogante, se volvió hacia el detective, que respondió:

—Le conté lo ocurrido a Dora y se empeñó en hablar con su esposa.

Los dos hombres se acercaron hacia el obelisco. La periodista norteamericana fue la primera en notar su presencia y, con un salto y agitando sus brazos, los saludó. Nadezhda, alzando el niño contra su hombro, se encaminó al encuentro de su esposo. Al alcanzarlo, lo abrazó.

—Igor, he sido una tonta —susurró pegada a él.

—No pasa nada, Nadia —dijo, apretándola hacia él y besándola.

—Dora y Mijalik ya me explicaron que…

—Camarada comandante —interrumpió Dora—, despídete de tu esposa y de tu hijo, que me los llevo a almorzar a la isla de Vasilievski.

—*Strogonoff* con salsa de nata —añadió Nadezhda, encogiéndose de hombros y alzando las cejas.

—Vosotros seguro que tenéis trabajo, así que no estáis invitados —dijo la periodista, al tiempo que guiñaba el ojo a Mijalik, y añadió—: Anota en tu cabeza absolutamente todo, porque en cuanto llegues al hotel has de contarme con detalle lo que habéis averiguado o esta noche no... —Y sonrió.

El detective se sonrojó y las dos mujeres se alejaron en el trineo en dirección hacia el Malecón.

—Gracias de nuevo, Mijalik —dijo el comandante.

—¿Cómo ha ido la mañana? —preguntó el detective cambiando de tema.

—Mal para Stalin. La mujer se le enfrentó.

—¿Cuál es nuestro siguiente paso?

—Ir hasta el hospital. Quiero que Ulianov declare que nuestros documentos son auténticos y que el subcomisario fue quien presionó para expulsar a Nikolayev del Soviet. Y deseo que Ulianov firme esa declaración.

—Entiendo.

—¿Había algo nuevo por el cuartel?

—Markus comprobó todos los fusiles de los soldados de la Milicia. Me dijo que los de balística no habían encontrado similitudes entre su munición y las balas que mataron a los tres agentes de la Policía Política.

—¿Algo más?

—Sí, me comentó algo de que había encontrado los retratos robot de dos terroristas que habían atentado contra Stalin en Moscú hacía tiempo.

Litonev asintió y sacó el paquete de tabaco, a lo que Mijalik se adelantó ofreciéndole un Lucky Strike. Después de encenderlo, el detective preguntó:

—En el interrogatorio a Nikolayev, ¿seguiremos siendo figurantes de cartón?

—No, ahora nos transformaremos en actores.

—¿Nuestro papel?

—Activo, muy activo —aseguró el comandante dando una calada.

—¿Vamos a intervenir?

—Sí. Hemos de provocar a Nikolayev para que confiese delante de Stalin y Yagoda que fue Zaporozhets quien le indujo al atentado. Después, con lo que tenemos será suficiente para procesarlo.

—¿Interpretamos el clásico miliciano bueno miliciano malo?

—Me parece bien.

—Si no tiene inconveniente, camarada, prefiero el papel de malo.

El comandante asintió.

18
El último cartucho

A las seis de la tarde, Stalin y Yagoda entraron en el salón utilizado para los interrogatorios. Sobre la mesa ovalada con el tapete verde, el secretario ya había colocado la máquina de escribir e introducido en el rodillo dos folios con el papel carbón entre ambos. En cuanto Stalin distinguió al joven detective, le preguntó:

—¿Consiguieron detener a los vándalos contrarrevolucionarios?

—Estamos muy cerca, camarada.

—Que tengan suerte —dijo.

Como en días anteriores, luego ordenó que se sentasen, y todos ocuparon los asientos acostumbrados.

Alexandre Poskrebyshev, por su parte, se dirigió hacia la puerta para indicar a los agentes de la NKVD que trajeran al detenido desde los calabozos. Al cabo de unos minutos y escoltado por dos policías políticos, apareció Nikolayev. Era bajo, rubio y pecoso. Mantenía los vendajes en el cuello, pero además llevaba un brazo en cabestrillo, los párpados hinchados y la cara cubierta de moratones. Se sentó pausadamente donde le indicaron. Miró desafiante a los asistentes y sonrió.

—¿Mató usted a Kirov? —preguntó de repente Stalin.

—Sí.

—¿Por qué lo hizo?

—Pensé que era lo mejor para seguir manteniendo las conquistas de la Revolución.

—Según usted, ¿Kirov amenazaba la Revolución Soviética?

—Sin duda.

—¿Por qué?

—Era otro de los burócratas que han paralizado el camino emprendido en 1917.

—¿Pertenece usted al Centro Terrorista de Trotsky y Zinóviev?

—No sé lo que es eso.

Stalin prosiguió recitando las preguntas aprendidas de memoria y persiguiendo el mismo objetivo: mostrar que Nikolayev era la punta del iceberg de una gran conspiración contra el pueblo ruso dirigida desde el exterior por Trotsky y en el interior por Zinóviev y Kámenev.

Pronto el comandante se evadió del interrogatorio evocando su cercano encuentro en el hospital con Ulianov, el jefe de la Milicia. El aspecto esquelético y su tez macilenta destacaban sobre las sábanas blancas en una habitación grisácea. A las preguntas sobre su estado, los doctores menearon la cabeza: habían actuado demasiado tarde contra la neumonía. «Aunque no pueda hablar, les entiende», afirmó uno de los médicos. Litonev y Mijalik le explicaron la razón que les llevaba a hablar con él y Ulianov asintió. Y volvió a asentir cerrando los ojos ante la pregunta de si había ordenado la expulsión de Nikolayev por las presiones desde la NKVD del subcomisario Zaporozhets. Luego Mijalik le dio a firmar su declaración. Con pulso tembloroso, Ulianov rubricó el documento. Cuando el comandante se disponía a salir, oyó, estupefacto, la cáustica voz del jefe de la Milicia: «Me siento orgulloso de que usted me releve».

Algunas palabras de Stalin, en ese momento, trajeron al comandante de regreso a la sala.

—Última pregunta: ¿cuál cree que debe ser su castigo?

—El mismo que recibió Gavrilo por asesinar al archiduque de Austria o el de Rysakov e Ignacy Hryniewiecki por el asesinato del zar Alejandro II.

—Pueden llevárselo —ordenó Stalin.

Pero antes de que los guardias tuvieran ocasión de obedecer, la voz del comandante resonó por la sala ante la extrañeza de los demás.

—Camaradas, como fue un soldado de la Milicia, me gustaría aclarar algunos extremos.

Stalin recogió la pipa de encima de la mesa y se atusó el bigote. Con calma, se sentó y se reclinó. Seguidamente, con un gesto de mentón que sacudió la cachimba entre los labios, indicó a Igor Litonev que prosiguiese.

El comandante se levantó y caminó unos pasos hasta ubicarse detrás del acusado. Desde esa posición, pero con la mirada dirigida al ventanal, habló con tono pausado:

—Usted fue el responsable del campo de trabajos forzados en Murmansk, por lo que sospecho que sería una persona muy importante y querida en el poblado de Pudozh.

—Así es —manifestó Nikolayev con satisfacción.

—Sin embargo, lo destituyeron.

—Fueron los burócratas que viven ajenos a la realidad de los campos.

—¿No le comprendieron?

—No comprenden nada. Dictan órdenes desde los despachos sin pisar las alambradas y sin sufrir necesidades.

—¿Qué alegaron para destituirle?

—Que no gestionaba bien los recursos y que se me morían los presos.

—¿Le dieron indicaciones de cómo debería gestionarlos?

—Sí, pero eran irrealizables.

—Luego, a usted lo destituyen por no obedecer órdenes que no se podían cumplir.

—Veo que usted me entiende.

Litonev lanzó una mirada a Mijalik. El joven detective, sin levantarse, preguntó violentamente:

—¿Ciento doce muertos por inanición en seis meses no fueron culpa suya?

—No —dijo Nikolayev alzando la voz y contemplando desafiante al detective.

—Claro, eran culpa de los que no le enviaban los recursos.

—Así es.

—Sin embargo —prosiguió el detective sacando varios documentos de una cartera—, aquí tenemos las notas de sus gastos: invitaciones a vodka a los parroquianos de Pudozh en todas las tabernas, cenas opíparas para usted y sus guardias, regalos a varias damas…

Nikolayev recogió las notas y sonrió:

—Yo era el jefe del campo, debía tener mis prebendas.

—Luego la culpa era exclusivamente suya, que dilapidaba los recursos asignados.

—No sé de lo que me acusa. Ahorré al pueblo ruso muchas bocas que alimentar.

—Usted es un indeseable que responsabiliza a los demás de su propia inutilidad.

—No —gritó, golpeando la mesa con el puño—. ¡Ya dije que la culpa es de los burócratas ignorantes!

Silencio después de la ira: la señal para que Litonev entrara de nuevo. Lo hizo como si recitase un monólogo:

—Yo le creo, camarada. Sé lo que es dirigir a hombres y que los superiores no nos entiendan. —Y le apoyó la mano en el hombro—. Olvídese de Murmansk. Es agua pasada. El caso es que alguien en el partido lo envía a la guardia del Soviet en febrero de este año y usted comienza a escribir un diario...

—Es un libro sobre lo que me ha ocurrido para que mis hijos conozcan el daño que los incompetentes hicieron a su padre.

—Un libro que estuvo escribiendo hasta una hora antes de matar a Kirov.

—Así es.

Litonev observó por el rabillo del ojo cómo Stalin abría el cuaderno para cerciorarse de lo evidente: el diario que tenía ante él se terminaba siete días antes de aquella fecha. El líder del Partido Comunista miró interrogativo a Yagoda, que alzó las cejas y se encogió de hombros.

El comandante, por su parte, prosiguió, calmadamente:

—Usted ha escrito que al expulsarle de la guardia del Soviet, condenaron a la penuria a su familia.

—Así es.

—¿Quién cree que lo expulsó de la Milicia?

—Kirov.

—¿Por qué está tan seguro?

—Me lo dijo un amigo.

—¿Tiene mucha confianza en ese amigo?

—Sí.

—¿Ese amigo también le sugirió que Kirov había mantenido una relación con su esposa?

—Sí.

—Si yo estuviese en su situación, también hubiese querido matar a Kirov. —Litonev volvió a colocar la mano sobre el hombro de Nikolayev y añadió—: Mantener una relación con la mujer y expulsarlo a uno del trabajo condenando al hambre a los hijos conduce a cualquiera al asesinato. Le entiendo.

Nikolayev esgrimió una sonrisa y se relajó, pegando su espalda al respaldo de la silla.

—Usted intentó hasta tres veces entrar en el Soviet con el revólver; las tres fue detenido. Sin embargo, lo dejaron en libertad. ¿A qué cree que se debió?

—No hice nada malo.

—¿No habría mediado ayuda de ese amigo?

—A lo mejor.

—Cuando usted disparó contra Kirov, eran las cuatro y media. ¿Alguna razón para atentar contra él justamente a esa hora?

Nikolayev negó con la cabeza.

—¿No le diría su amigo que a esa hora encontraría a Kirov en el pasillo? —continuó el comandante.

El detenido volvió a negar.

—Le haré un resumen de lo que opino —dijo Litonev—. Siete días antes del asesinato de Kirov, usted conoce a una persona que se va acercando a su vida. Le sugiere que Kirov mantiene una relación con su mujer. Días después le expulsan a usted de la guardia del Soviet y ese amigo le indica que ha sido obra de Kirov. Luego, sus dos compañeros de la guardia le hacen llegar un revólver y de nuevo interviene su nuevo amigo sugiriéndole que la mejor hora para matar a Kirov es a las cuatro y media. ¿Qué iba a ocurrir a esa hora?

—No sé, me pareció mejor que otra.

—¿No sería porque ese amigo iba a llamar a Kirov, lo que le obligaría a salir de sus aposentos?

—No lo sé.

Yagoda se movió en el butacón, carraspeando. Stalin, por su parte, sonreía con condescendencia ante las preguntas del comandante.

Litonev apoyó una mano sobre la mesa y la otra en el respaldo de la silla del detenido. Le miró a los ojos y le espetó:

—¿Sabe lo que creo?

Nikolayev negó de nuevo, callado.

—Que usted se nos presenta aquí como un hombre que quiere pasar a la historia por asesinar a Kirov y, en realidad, no ha sido nada más que un juguete de ese amigo suyo.

El detenido pasó la lengua por el labio superior y siguió en silencio. Litonev se acercó a la ventana y pareció reflexionar en voz alta:

—Creo que usted no debería encontrarse aquí. Es usted una marioneta y no merece ser ejecutado.

—¡A Kirov lo maté sólo yo! —gritó.

Otro cambio de ánimo, momento para Mijalik, que de inmediato deslizó una foto ante los ojos de Nikolayev. En ella se veía una bailarina que sonreía a la cámara vestida con medias y liguero negro. Estaba sentada con las piernas cruzadas y tenía largas pestañas y grandes ojos. El detenido contempló la imagen, desconcertado.

—¿La conoce?

—No.

—Es Natalinova, la bailarina principal del Ballet de Leningrado.

En ese momento, el comandante percibió de reojo la mirada asesina de Drijanov, quien seguramente temía que el detective citase a su amante en el Ballet. Litonev se giró, entornando los ojos en un gesto tranquilizador.

De inmediato, el detective añadió:

—Era la amiga de Kirov desde hacía un año.

Nikolayev volvió a mirar la foto y frunció el entrecejo.

—Kirov nunca tuvo relaciones con su esposa —agregó Mijalik—. Su amigo le engañó.

El detenido permaneció en silencio, la cabeza gacha sobre la imagen. De repente la arrojó al suelo, diciendo:

—Es igual. Él me expulsó de la Milicia.

Mijalik, entonces, rebuscó algo entre sus papeles. Un instante después, deslizaba ante los ojos del detenido el documento firmado por Ulianov, el jefe de la Milicia.

—También se equivoca. Kirov ni le conocía. Fíjese en este documento. —Y se lo tendió.

Nikolayev obedeció.

—¿Lo ve? —preguntó Mijalik—. Fue Ulianov, y lo ha firmado casi en el lecho de muerte. Pero siga leyendo, verá quién le indicó que le expulsase a usted de la Milicia.

La mirada del comandante iba de Yagoda al detenido observando cualquier mueca. El jefe de la NKVD se veía pálido y el rostro de Nikolayev se demudó aún más. Probablemente, había alcanzado la parte del documento que mencionaba a Zaporozhets.

Litonev se adelantó unos pasos y tomó la palabra, tranquilo:

—Como ha podido comprobar, Kirov no tenía una aventura con su mujer ni fue el que le echó de la Milicia. Tal vez ahora nos quiera decir quién fue ese supuesto amigo suyo.

Nikolayev seguía con los ojos fijos en el documento firmado por el jefe de la Milicia, pero comenzó a morderse con fuerza el labio.

El comandante se inclinó hacia él.

—Tal vez no tenga usted que morir ni condenar a la muerte a sus catorce conocidos —susurró.

Después, el comandante volvió a la ventana y sin voltearse, preguntó en voz alta:

—¿Quién le engañó?

—Fue el... subcomi...

—¡Basta! —gritó Yagoda, levantándose de su asiento con violencia. Y, dirigiéndose a los policías que escoltaban al detenido, ordenó—: Llévenselo.

Los agentes de la NKVD sacaron al detenido de la sala casi en volandas. Stalin se levantó, estirándose la guerrera. Después sentenció:

—Mañana será el juicio y la ejecución.

A continuación colocó la pipa en la boca y, seguido de Yagoda, abandonó el salón. El comandante y el detective, mudos, permanecieron inmóviles. Mientras el secretario recogía las actas, Drijanov se levantó para acercarse hasta Litonev.

—Casi lo consigue —le dijo, apoyando una mano en la suya.

El comandante tragó saliva.

—¿Celebramos mañana ese almuerzo pendiente?

Litonev asintió.

Drijanov, girándose, se despidió de los presentes. Mijalik continuaba sentado, con la frente posada sobre el tapiz verdoso. El comandante abrió el ventanal y salió a la terraza. Retiró la nieve de la barandilla de piedra, encendió un cigarro y apoyó los codos en la balaustrada dejando que su mirada se instalara en el horizonte, donde el cielo tocaba al Báltico.

—Yagoda está también implicado —dijo la voz de Mijalik a su espalda.

—Y lo malo es que la mierda suba un escalón más en la cadena de mando —murmuró Litonev dando una calada.

—Mañana el juicio sumarísimo y de inmediato la ejecución de todos. Esto se terminó.

—Igual no, Mijalik. Igual no.

Y el comandante abandonó la terraza para encaminarse hacia los pasillos del Soviet que conducían al exterior.

—Camarada, ¿aún tiene un as guardado? —le preguntó el detective, que lo había seguido.

Pero otra voz que se acercaba llamando al comandante, la de Markus, le impidió responder. Cuando el jefe de detectives llegó a su altura, tras introducir la mano en el bolso interior del abrigo, sacó dos hojas y se las tendió.

—Los retratos robot de los supuestos terroristas del atentado de Moscú en 1929.

Litonev desdobló los folios. Se trataba de dos jóvenes con el pelo corto; uno tenía la barbilla cuadrada, pero la del otro era afilada.

Habría miles como ellos en la Unión Soviética, excepto por los ojos. Esas pupilas pintadas con el ágil carboncillo del dibujante sólo necesitaban que se les añadiese el color del Báltico.

Y él, sin dudar, sería capaz de ponerles nombre.

19
El tren a Finlandia

AQUEL OCASO, las botas del comandante recorrieron por enésima vez las nevadas calles de Leningrado, pero en esa ocasión sin un destino certero. Vagó sin detenerse, excepto por los instantes en que se paró sobre el puente de la Trinidad y saboreó dos cigarros apoyado en la balaustrada de granito. Dejaba errar su mente en busca de respuestas.

Le gustaba aquella bifurcación donde las aguas del Neva ya se habían volcado en las del Moika y se encaminaban sin prisas hasta el Báltico, sobre el que siempre se podía encontrar una gaviota sujeta en el aire. Su malecón se desplegaba hasta el puente del Palacio de Invierno por el que había paseado del brazo con Nadezhda tantas Noches Blancas que ya se perdían en el tiempo como un maldito suspiro. Pero sobre todo le agradaba palpar las piedras y el acero de sus pretiles y obeliscos, como cuando era niño y correteaba por encima de sus losetas. Con una luna creciente que se unía a la luz triste de las farolas, aquel crepúsculo se le antojaba bello, sin que supiera por qué, pues, a diferencia de antaño, esta vez no le ofrecía soluciones en la encrucijada.

En los momentos más infaustos de su vida —cuando quedó huérfano, cuando su hermano fue abatido por las balas zaristas en la Revolución o durante su propia participación en la guerra civil contra los contrarrevolucionarios y la Guardia Blanca—, siempre había acudido a aquel cruce de ríos. Allí había cultivado esa expresión granítica, propia de los hombres a los que la vida les ha golpeado sin respiro. «Cuando ante nosotros se abran abismos, hemos de crear puentes para salvarlos», le habían dicho en su casa desde pequeño, y ahora acaba de recibir el mazazo de una doble felonía: Stalin y Yagoda habían traicionado los ideales de una revolución por la que había luchado su pueblo, y Nadezhda, su querida Nadia, había hecho lo mismo con él. Ni siquiera sabía cuál de las dos traiciones le dolía más.

Introdujo la mano en el bolsillo interior del abrigo y sacó los retratos robots. Volvió a contemplarlos bajo la vaporosa fosforescencia de la farola de aceite y los rostros de Yuriv y Nadia, tal y como él los había conocido en aquel Moscú de 1929, le devolvieron la mirada desde el papel.

Los ojos del comandante se humedecieron por primera vez desde que era un niño. Ya nada le quedaba, salvo su fiel Tokarev —que palpó en ese momento— y su hijo. Eso, y aquellos dos dibujos.

A lo mejor, el motivo por el que prefería su ciudad, Leningrado, a cualquier otra eran las aguas a las que, bajo los ochocientos puentes, siempre podía formular preguntas. Aquellas aguas que, junto al acueducto, parecían hablarle sólo a él, recordándole quién era y de dónde venía, para indicarle hacia dónde debería ir. Pero aquella noche, por primera vez en muchos años, la voz en el puente había enmudecido.

Un viento frío llegó hasta él, lo que lo arrastró aún más hacia la infancia, de la que también le había quedado un Nordeste gélido golpeando las esquinas más sucias, más meadas por los perros vagabundos, en el distrito industrial de Vyborg. Él había sido un chico de barrio que enarboló la bandera roja y quiso emular a los revolucionarios en la toma del Palacio de Invierno y el asalto a los cielos. Es posible que siguiese siendo aquel muchacho que correteaba por las calles repletas de nieve y carbonilla con los pantalones descosidos y los zapatos agujereados hasta llegar a aquel puente y detenerse, como la gaviota suspendida en el aire, esperando que la realidad tuviese otro límite. Entonces lo comprendió: en aquel ocaso no sería su puente el que le mostrase el camino; esa misión había sido traspasada al viento. Y el Nordeste le habló y le dijo que recorriera todos los rincones sin obstáculos, que fuera como él: frío y libre, y que la única batalla perdida es la que se abandona. Entonces, la gaviota abandonó su inmovilidad y aleteó, perdiéndose en la oscuridad.

Más tarde, cuando la noche se cerró, su errático caminar —no eran los pasos de un hombre libre— le llevó por la ribera del Neva a la misma orilla del Palacio de los Príncipes Yusopov. Allí se encontraba su nueva vivienda —que seguía sin sentir como suya—, pegada a aquel edificio de fachada gris verdosa. Entró en el portal y subió despacio los peldaños de los cinco pisos, apoyándose en la barandilla. Sus botas pesaban toneladas. Se sentía como un soldado en la trinchera, esperando la orden de saltar sobre el enemigo y sabiendo que sus pies se negarían a moverse.

Abrió la puerta y tragó saliva.

—Ya está aquí papá.

La voz de Nadezhda llegó desde el salón, lo único iluminado de la vivienda. Litonev, de pie en el marco de la puerta, saludó con desgana. Su esposa se hallaba sentada con el niño prendido del pecho, junto a Yuriv, su cuñado, recostado en un butacón con un vaso de vodka en la mano.

—Querido cuñado, siguiendo tus instrucciones me he instalado en la vivienda —dijo Yuriv con una sonrisa y alzando la copa.

El comandante no contestó. Se limitó a lanzar una sonrisa forzada, a quitarse la *ushanka* y a servirse, también él, un vodka.

Después se dejó caer en el sillón de orejas, se desabotonó el abrigo y se desabrochó las botas. Ante esto, Yuriv preguntó:

—¿Un día fatal?

Litonev asintió y dijo con desgana a su esposa:

—¿Qué tal te fue con Dora?

—Estupendo. Paseamos por toda la isla y probamos un *strogonoff* fenomenal. Es una mujer muy simpática, debiste presentármela antes…

La mente del comandante se fugó por los recovecos de sus preocupaciones sin prestar atención a los detalles del paseo en trineo. Volvió a las palabras de su esposa cuando escuchó:

—En cuanto duerma al niño, preparo algo de cena y nos vamos a descansar.

Litonev escrutó el salón y comprobó que el montón de viejos papeles había desaparecido.

—Hice limpieza y los quemé —respondió Nadia, cuando le preguntó por ellos, mientras salía con el niño dormido en brazos rumbo a su habitación.

—Se te ve derrotado —comentó Yuriv—. ¿No han ido bien los interrogatorios?

El comandante meneó la cabeza con gesto ausente.

—¿Un brindis? —sugirió Yuriv alzando su vodka.

Litonev salió de su ensimismamiento e, inclinándose hacia adelante, acercó el vaso.

—Porque algún día se sepa la verdad —dijo— y la Historia condene a Yagoda y a Stalin.

—Que así sea. —Y los dos dieron un trago.

A continuación, el comandante se recostó en el sillón.

—Yuriv, tú estuviste cerca de la viuda de Lenin y de Trosky cuando presentaron las tesis contra Stalin. Al perder, ¿alguno de sus partidarios propuso crear un grupo terrorista?

—Nunca. Es más, todos estábamos en contra de esos métodos.

—¿Todos?

—Por lo menos nadie manifestó en público su apoyo a tal cosa. Nuestro lema era «Lucha de masas, no de minorías», porque sabíamos que cualquier atentado incrementaría la represión y no queríamos hacerle el juego a Stalin y sus secuaces, que se hubieran relamido ante algo así.

—Luego, si alguien hubiese planeado un atentado a Stalin...

—Lo hubiese hecho sin el beneplácito de la Oposición de Izquierdas y por su cuenta y riesgo.

Litonev encendió un cigarro y dio otro trago al vodka.

—No le des vueltas, Igor —prosiguió Yuriv—. Lo del Centro Terrorista de Trostky y Zinóviev es un invento de Stalin y Yagoda.

—Ya he acostado a Iván —dijo la voz alegre de Nadezhda al entrar nuevamente en el salón—. A ver si nos deja dormir toda la noche de un tirón.

Luego cogió un vaso y, tras volcar en él un chorro de vodka, se sentó en el apoyabrazos del sillón en el que se encontraba su esposo. A continuación lo besó en la boca.

—A ver si termina pronto este proceso y te recuperas —le dijo—. Cada día se te ve más pálido y ojeroso.

—Nadia, cuando te acercaste a mí en Moscú hace cinco años, ¿por qué lo hiciste?

—¿A qué viene esto ahora? —preguntó abriendo mucho los ojos.

—Contesta —exigió el comandante.

—Ya lo sabes: te pregunté por la estación del ferrocarril.

—¿No hubo otra razón?

Litonev notó que Yuriv clavaba la mirada en su hermana, pero ella respondió con una sonrisa:

—A lo mejor es que me gustaste nada más verte. —Y volvió a besarle.

El comandante, con calma, sacó unos folios del bolso y los extendió sobre la mesita. Eran los retratos robots.

—¿Y esto? —preguntó Yuriv.

—Tal vez me lo podáis explicar vosotros.

Yuriv recogió los dibujos con lentitud y, con aún mayor detenimiento los contempló sin hablar. Su hermana se levantó, caminó hasta situarse de pie a su lado y observó las hojas.

—¿Quiénes son? —preguntó.

—Son las personas que atentaron contra Stalin en Moscú.

—¿Qué tiene que ver esto con nosotros? —volvió a preguntar, seria, Nadezhda.

—No me tomes por idiota, Nadia.

La voz del comandante, por primera vez, sonó dura, áspera, mientras se levantaba del sillón para dirigirse al ventanal.

Corrió un poco las cortinas, y su mirada buscó en la oscuridad el cauce helado del Neva. De espaldas a su mujer y a su cuñado, dijo:

—Vuestra jugada fue maestra. Después del atentado fallido, la NKVD os buscaba. ¿Qué mejor coartada que entablar conversación con un capitán de la Milicia? Debisteis pensar: «Nos pegamos al pobre imbécil e intentamos seducirle…».

Su esposa se acercó a él, intentó abrazarlo, pero Litonev la apartó extendiendo el brazo.

—¿Qué insinúas, Igor? —preguntó Nadezhda entre sollozos.

El comandante se giró, regresó al sillón y apuró de un trago el vodka, para añadir:

—No insinúo nada. Afirmo.

—No te consiento que…

De repente, Yuriv, sin dejarla terminar la frase, la agarró por el brazo y la obligó a sentarse.

—Déjalo, Nadia. Es inútil negarlo. —Giró la mirada hacia Litonev—. Te he entendido, Igor. Si tú nos has localizado, en cuestión de poco tiempo lo hará la NKVD.

Litonev cerró los ojos y asintió. Nadezhda comenzó a llorar. Tomando con manos temblorosas un cigarro, lo encendió.

—¿Nos vas a denunciar? —preguntó Yuriv.

El comandante sacudió la cabeza, negando.

—¿Qué nos propones?

—Lo he estado pensando y creo que lo mejor es que salgáis hacia Finlandia cuanto antes.

—¿Por qué?

—Mañana denunciaré al subcomisario Zaporozhets y, si no consigo su detención, quiero que estéis a salvo.

—¿Y el niño? —preguntó Nadezhda con voz ansiosa.

—Lleváoslo. Estará más seguro con vosotros.

—¿Y tú? —preguntó Yuriv.

—No lo sé. Todo dependerá de lo que ocurra.

—Que esto no te confunda, Igor —dijo Yuriv, aferrando el brazo de su cuñado—. Nunca existió ese Centro Terrorista; nosotros actuamos por cuenta propia. Éramos jóvenes, creíamos que si nos sacrificábamos y matábamos a Stalin, el futuro de la Unión Soviética sería otro.

—Preparad el equipaje —ordenó Litonev y, desasiéndose, consultó el reloj—. El tren saldrá dentro de dos horas.

—Pero... ¿te... te unirás a nosotros en Finlandia? —preguntó Nadia tartamudeando.

—Es posible, pero la espera será larga.

En ese momento, dos golpes secos sonaron en la puerta. Los tres se miraron, interrogantes, y Litonev desenfundó el arma. Otros dos golpes. La idea de peligro se desvaneció: era la señal convenida entre el comandante y su detective.

Litonev se dirigió a la puerta. La abrió y dejó pasar a Mijalik.

—¿Qué ocurre, detective?

—Han asesinado a Ulianov en el hospital.

20
Huida hacia adelante

Tras otra noche en vela y con el estómago repleto de té negro, el comandante se dirigía al encuentro con Drijanov, el jefe de la NKVD en Leningrado, y a un almuerzo postergado desde el funeral de Kirov en Moscú.

De repente, el coche oficial se detuvo. Algo había ocurrido en medio de la avenida Nevsky que impedía el avance de los vehículos y trineos, provocando un atasco y la aglomeración de curiosos. El chófer salió para enterarse de lo que sucedía.

—Parece que ha volcado un carro con patatas —informó a Litonev por la ventanilla—. Ya hay soldados de la Milicia remolcándolo. ¿Quiere esperar o cogemos una vía alternativa?

El comandante consultó el reloj.

—Esperamos.

El chófer asintió y se sentó de nuevo al volante. Litonev llevó de nuevo la mano a la culata de la Tokarev, reclinó la cabeza hacia atrás y recordó algunas imágenes de las últimas horas: la salida precipitada con Mijalik hasta el hospital; el acompañamiento a Nadezhda, Yuriv y al niño hasta la estación del ferrocarril; y los pormenores del juicio sumarísimo contra Nikolayev y sus supuestos cómplices.

«Lo han asfixiado con la almohada», les explicó Markus en el hospital ante el cuerpo inerte de Ulianov. Aquello no tenía sentido, rumiaba para sus adentros el comandante. El jefe de la Milicia se encontraba tan enfermo que su muerte se hubiese producido de un momento a otro. «Pudo ser la NKVD, para que no ratificara el documento que nos firmó», había aventurado el joven Mijalik. «Que no quede nadie sin que se le tome declaración. Alguien tuvo que ver algo», ordenó Litonev.

Antes del amanecer se había dirigido hasta la estación a despedir a su cuñado y a su esposa. «En una hora y media estaréis en Finlandia. Id tranquilos, de momento nadie os busca», les había dicho antes de darle un beso al niño. «Que tengas suerte», le despidió su cuñado con un pie en el estribo del vagón rodeado del vapor que llegaba desde la locomotora. «Te esperaré», prometió Nadezhda entre lágrimas desde la ventanilla. Tres pitidos. El tren arrancó y un nudo se instaló en la garganta de Litonev.

Luego llegó el juicio, que observó oculto entre las sombras de las columnas del edificio Smolny, con sus protagonistas, sus actores secundarios y los figurantes: una maldita farsa con agentes de la NKVD disfrazados de aldeanos y gritando desde el público. Nikolayev y el resto desfilaron delante del tribunal respondiendo a las mismas preguntas efectuadas por Stalin. Todos se mostraban cabizbajos y pesarosos, excepto Nikolayev, que sonreía con la frente alta. Ni siquiera en ese momento denunció al subcomisario: no parecía estar dispuesto a compartir la gloria con nadie más. La sentencia fue inmediata: pena de muerte para los catorce, excepto para Elizabeth Lermolo, cuya condena cerraron con diez años de trabajos forzados en un campo de reeducación. Se exigía el inmediato cumplimiento de todas las sentencias. El círculo se había cerrado.

—Camarada comandante… —llamó el chófer.

Litonev, que dormitaba, no reaccionó a su voz, por lo que el hombre le zarandeó por los hombros. Entonces, como aguijoneado por un alacrán, el comandante abrió los ojos, desenfundó la Tokarev y apuntó al chófer.

—Calma, camarada. —Y el hombre alzó las manos—. Hemos llegado.

El comandante miró al exterior: a su derecha, la puerta del edificio de la NKVD en Leningrado. Guardó el arma y balbuceó una disculpa.

El otro asintió, se limpió el sudor de la frente y le abrió la puerta.

Litonev salió del vehículo y se estiró la guerrera. Recogió el maletín y se dirigió hacia el edificio de la Policía Política con paso firme sobre la nieve. Por primera vez, no sentía las botas oprimiendo sus pies. El vergajo de la brisa le llegó al rostro, pero menos frío que la noche anterior.

A su paso, los policías le saludaron. Subió las escaleras hacia el segundo piso. Zaporozhets, que salía del despacho de Drijanov, se cruzó en el pasillo con él.

—¿Cómo por aquí, comandante? —preguntó con una sonrisa que acentuó aún más las arrugas en su enjuto rostro.

—He quedado con el comisario para almorzar.

—¿Se ha enterado de la sentencia?

—Sí. Estuve en el juicio.

—Por fin se terminó todo.

Litonev no contestó. Siguió camino hacia el despacho del comisario, pero las siguientes palabras de Zaporozhets le detuvieron.

—Ah, lo que continúa sin resolverse es quién ejecutó a mis tres policías.

El comandante le miró con desprecio y añadió:

—Estoy convencido de que pronto conseguirá la confesión de alguien.

Y se adentró en la sala contigua. Al verle, la mujer uniformada se levantó de su asiento y le saludó. A continuación, abrió la puerta del despacho del comisario y le indicó que pasara.

—Ah, ya ha llegado. Siéntese, comandante —expresó Drijanov detrás de un escritorio repleto de papeles amontonados que se apresuró a retirar.

—¿Nos quedamos aquí?

—Sí, primero hablamos y luego ya iremos a comer algo.

Litonev depositó el maletín sobre la mesa, lo abrió y extrajo la cinta.

—Me dijo que tenía un magnetófono de…

—Ahí lo tiene —dijo Drijanov, señalando el aparato situado encima de la rinconera.

El comandante insertó la cinta y conectó el magnetófono. Drijanov escuchó con atención la conversación grabada.

—Tiene usted razón —afirmó con gesto preocupado al terminar—. Es la voz de Zaporozhets.

—Ahora vea esto —pidió Litonev entregándole siete fotografías del diario de Nikolayev.

—¿Qué son?

—Las hojas que fueron arrancadas del diario y que muestran al subcomisario entablando amistad con Nikolayev.

Drijanov las recogió y se calzó las gafas. Las leyó con detenimiento mientras el comandante se sentaba enfrente y encendía un cigarro. Al cabo de tres caladas, oyó al comisario pedirle explicaciones. Se las dio con detalle: le habló del documento firmado por Ulianov acusando al subcomisario de instigarle, de cómo Zaporozhets ordenaba la libertad de Nikolayev cuando le descubrían portando armas y, a la vez, iba allanando el camino para desequilibrarle.

Por fin, el comisario depositó los papeles sobre la mesa, se quitó los lentes y, mirando hacia el comandante, indicó:

—Esto está claro. ¿Tiene algo más?

—Quedaría saber si fue el mismo Zaporozhets quien firmó la autorización para sacar el revólver Nagant del depósito de la NKVD

El comisario lo anotó y preguntó:

—¿Algo más?

—Sí. Los tres agentes de la NKVD que mataron a Borisov y el que atentó contra mí. Si usted no sabía nada, ¿de quién cumplían órdenes?

—Ya estaba sobre ello.

—Además, está el asesinato de los tres policías que mataron a Borisov. Estoy seguro de que se les mató para que no delatasen al cabecilla.

—Eso es discutible.

—¿Discutible? —preguntó desconcertado Litonev.

—¿No se cruzó con Zaporozhets a su llegada?

—Sí.

El comisario, sonriendo, recogió una carpeta y la colocó sobre el escritorio. La abrió y sacó un folio que le entregó a Litonev.

—Si usted ha investigado a Zaporozhets, él hizo lo mismo con usted. Ahí tiene una declaración de un funcionario del Comisariado de la Vivienda según la cual usted le presionó para conseguir su nueva vivienda.

—Miente.

Mientras el comandante leía aquella declaración, el comisario sacó de un cajón cinco fotos que distribuyó a lo largo del escritorio. Era Litonev con su esposa, Yuriv y su hijo en la estación del ferrocarril junto al expreso con destino a Finlandia.

—¿Me puede explicar por qué embarcó a su familia fuera de la Unión Soviética?

—Motivos de salud de mi hijo.

—¿No tiene nada que ver el hecho de que su esposa y su cuñado se posicionaron contra Stalin en el XV congreso del PCUS?

—Ni siquiera lo sabía.

El comisario consultó el reloj.

—De todas formas, eso carece de importancia. A estas horas ya estarán en Helsinki y no hay razones para pedir su extradición.

—¿Ha dicho Zaporozhets alguna tontería más sobre mí o mi familia?

Drijanov sacó más fotos que apiló sobre las anteriores. En las nuevas se veía al comandante recibiendo cajetillas de Lucky Strike y un paquete de medias de Dora Fischer.

—A la NKVD nos gustaría saber a cambio de qué recibía estos regalos.

—Simplemente por mi amabilidad con ella cuando venía a por información para su periódico.

—El subcomisario lo considera como una venta de secretos a otra potencia.

—¿Qué secretos, comisario? —Y soltó una carcajada.

Drijanov sacó dos fotos más y las depositó frente al comandante.

—En una reconocerá a Trevor, el que le disparó en el hotel y al que usted mató.

Litonev asintió. Su mirada se desplazó a la otra fotografía.

—Es de Drauler —dijo el comisario, y aclaró—: El agente que fue encontrado con dos disparos en el pecho. Cotejando el agrupamiento de los impactos en los cuerpos, Zaporozhets conjetura que, aunque el calibre es distinto, ambas fueron hechas por la misma mano.

—¡Sandeces!

—Si es así, no tendrá inconveniente en que se haga una prueba de balística en todas sus armas.

—Ya la hizo Markus, el jefe de detectives, con resultado infructuoso.

—Le faltaron dos —aseveró Drijanov sacando otra hoja y tendiéndosela al comandante—: la pistola del detective Mijalik y un fusil Nagant que usted lleva en su coche.

—Puede hacer las pruebas cuando quiera.

—No esperaba otra contestación.

—¿Quedan más calumnias?

El comisario sacó un papel amarillento que entregó a Litonev y en cuyo encabezamiento se leía: «Investigación sobre el asesinato de Ulianov».

—¿Qué mierda es ésta?

—Zaporozhets mantiene que las dos últimas personas que le vieron con vida fueron usted y su detective Mijalik.

—¿Está sugiriendo que nosotros...?

—Yo no sugiero nada. Me limito a trasladarle las investigaciones de Zaporozhets.

—¿Es que no ve que es una trampa?

—El subcomisario opina lo mismo de sus pruebas.

—¿Y usted qué cree?

—He de reflexionar —respondió, inclinándose hacia atrás en el sillón.

—Yo he presentado pruebas; él, conjeturas.

—Tal vez, tal vez... Pero el que decide aquí soy yo.

—¿No se da cuenta de que, al saberse investigado, quiere desprestigiarme?

—De momento, hasta que yo concluya la investigación, ambos quedan relevados del mando.

Litonev se levantó con violencia y se encaminó a la ventana. Necesitaba ver uno de los puentes. «Nunca serías un buen jugador de póker», le había dicho en cierta ocasión Dora Fischer. Pero en aquel momento necesitaba un farol, un órdago en una partida de naipes que él nunca quiso jugar. Resultaba evidente que Zaporozhets quería conseguir que se le colgase al comandante la fórmula acuñada por Stalin de «enemigo del pueblo».

«La única lucha que se pierde es la que se abandona»: las palabras de sus padres sobre el puente de la Trinidad llegaron de nuevo hasta él. De repente se giró.

—Quiero una entrevista con Yagoda —afirmó tranquilo.

—¿Se puede saber para qué?

—No se lo puedo decir.

—¿Y eso por qué?

—No quiero filtraciones.

—¡Me ofende, comandante!

—Sepa que no hablaremos sobre usted.

—¿De qué, entonces?

—Le basta saber que he descubierto un complot internacional para matar a Stalin que se remonta al 1 de mayo de 1929.

21
Los puentes de Köningsberg

El año 1934 tocaba a su fin, al igual que aquel día. Tal vez el ocaso era el destino de ambos, pero no de Igor Litonev, que caminaba ágil sin las ajustadas botas de miliciano. Tras detenerse sobre el puente Herrero, apoyó los codos en el pretil y encendió un cigarro. Su mirada se perdió en las caudalosas aguas del Pregolya, que se dirigían sin obstáculos hacia la laguna del Vístula para vaciarse en el Báltico después de bordear la isla de Kneiphof. Qué diferencia —pensó— con el inmóvil y helado Neva.

Habían transcurrido doce días desde que Nikolayev y sus catorce conocidos habían sido ejecutados, y nueve desde que el comandante se encontraba en búsqueda y captura por la NKVD. Se había convertido en otro «enemigo del pueblo» para los dirigentes del Kremlin. De momento, no corría peligro, aunque sabía que tendría que caminar de por vida con el dedo en el gatillo de la Tokarev y la vista barriendo los trescientos sesenta grados que le rodearan.

Aquel atardecer se encontraba en la capital de la Prusia Oriental —el balneario de los espías de Oriente y Occidente—, a mil kilómetros de Moscú, novecientos de Leningrado y a cuarenta de la frontera con Polonia. El olor de las aguas dulces se mezclaba con las saladas en el delta —el perfume de su infancia— junto al batallar de las olas a sus pies y la idea de tener, tal vez, la Policía Política soviética pegada a sus talones.

Su mente se instaló en el momento que había salido del despacho de Drijanov lanzando aquel órdago a Yagoda. Las pruebas fabricadas por Zaporozhets le indicaron que la NKVD lo había incluido en una lista negra al averiguar la trama oculta tras el asesinato de Kirov. Supo que el jefe de la NKVD no podría rechazar su envite: él era un tahúr, y el atentado del 1 de mayo de 1929 era el único que a la Policía Política de Stalin le quedaba sin resolver. La respuesta de Yagoda no se había hecho esperar:

—Mañana a las diecisiete horas le recibo en el Kremlin.

El comandante recordaba que había llegado a Moscú en el expreso nocturno acompañado del detective Mijalik y de Dora Fischer. A las seis de la madrugada sus pies se posaron en los andenes de la estación moscovita para dirigirse al hotel. Los tres se sentían observados por agentes encubiertos del NKVD: tal vez un revisor, un mendigo en el trayecto o la mujer con el bebé en brazos del compartimento contiguo.

Al llegar al hotel, recogieron las llaves de sus habitaciones y preguntaron por el horario del almuerzo.

—De doce a tres —respondió el recepcionista.

—Reserve una mesa para cuatro —pidió el comandante.

Aquellas palabras —sabía—, habrían intrigado a los policías políticos que les vigilaban y les obligarían a esperar antes de intervenir, pues necesitaban enterarse de quién era el cuarto comensal.

En la habitación, el comandante se desprendió deprisa de su uniforme, se rasuró el cabello al cero y se calzó unas harapientas ropas que le asemejaban a un mísero jornalero de los *kulaks* en tierras ucranianas. Enfundó la Tokarev y se calzó unas gafas de pasta gruesa. Después comprobó la ausencia de miradas en el pasillo y descendió con calma por las escaleras utilizadas por el servicio de habitaciones, atravesó la cocina y salió por la puerta trasera del hotel. En ese momento ya no era el altivo comandante de la Milicia de Leningrado, sino otro vecino de Moscú. Tal vez hasta lo confundirían con un desclasado pequeño burgués o un errante mendigo. Bajó la mirada, se envolvió en la bufanda, metió las manos en el raído gabán y caminó sin prisas. Destino: regreso a la estación del ferrocarril con rumbo al sur.

A las tres de la tarde, mientras Mijalik y Dora Fischer encargaban el primer plato y los agentes encubiertos de la NKVD esperaban la llegada de Litonev con el cuarto comensal, el comandante ya había puesto quinientos kilómetros de distancia entre ellos. Aunque él no podía estar seguro, fue sobre esa hora cuando en los salones del comedor entró un hombre maduro de pelo cano con traje gris de finas rayas negras y saludó al detective y a la reportera, sentándose a su lado.

—Comuniquen a Yagoda que la cita es con un diplomático de la embajada norteamericana —susurró un policía político a otro, que corrió hacia el teléfono de recepción.

Se hicieron las cinco y Yagoda, en su despacho del Kremlin, comenzó a impacientarse, pero Litonev ya se encontraba a seiscientos kilómetros. Fue en ese instante cuando los tres comensales —Mijalik, Dora y el diplomático— se levantaron y abandonaron el hotel. Un coche con banderín del Cuerpo Diplomático los recogió en la puerta.

Media hora después, Yagoda explotó:

—Tráiganme detenido al comandante.

Seis agentes de la NKVD irrumpieron de una patada en la habitación de Litonev. Todo parecía en orden. Abrieron el armario: el uniforme y las botas del comandante se encontraban dentro en perfecto estado de revista. Nada indicaba una huída precipitada.

Pasaron al baño. Los agentes corrieron de golpe las cortinas de la bañera y cruzaron miradas interrogativas. Uno deslizó el dedo por el lavabo. Varios pelos se pegaron a él. Lo habían comprendido: el comandante les llevaba diez horas de ventaja y desconocían tanto su apariencia como su destino.

La orden de un desencajado Yagoda llegó a todos los rincones de la Unión Soviética:

—Sellen las fronteras, sobre todo la de Finlandia. Tiene a la familia en Helsinki y seguro que intenta reunirse con ellos.

Después dio un trago de vodka, reflexionó y añadió:

—Revisen todos los trenes que salieron de Moscú desde las siete de la mañana.

Por las grandes nevadas y las comunicaciones defectuosas, el plan de Yagoda no pudo desplegarse por completo hasta casi las ocho de la tarde, tal como lo sospechaba el comandante, que a esa hora se apeó del tren en la estación de Minsk, a doscientos kilómetros de Polonia y a cien del territorio de Prusia Oriental. La cuenca del Dniéper, que le acogió como a un hijo, le hacía sentirse seguro, pues si la NKVD lo localizaba, podría emprender la huida hacia la frontera entre la nieve, los bosques y las montañas. Pero de momento se había limitado a esperar.

Mientras tanto, en Leningrado, en el cuartel de la NKVD, el viejo zorro de Drijanov también recibió el télex con la orden de búsqueda y captura de Igor Litonev al mismo tiempo que el informe de balística de las armas de Mijalik y del comandante. Sonrió al leerlos —Yagoda le había ahorrado tener que elegir entre el subcomisario y el comandante— e intuyó que nunca los localizarían. Después encendió un cigarro y, cogiendo el expediente sobre Zaporozhets que le había entregado el comandante, se recostó en el sillón. Pensó que la implicación del subcomisario en el atentado a su amigo Kirov no dejaba lugar a la duda. Con parsimonia, sacó todos los papeles y fotografías del cartapacio con el emblema de la Milicia y los introdujo en otro con la leyenda de la NKVD. Luego anotó: «Investigación realizada por el comisario Boris Drijanov». Mejor así —se dijo—. Si huelen que las pesquisas las realizó Litonev, las arrojan al fuego. Y ordenó a continuación:

—Procedan a la detención del subcomisario Zaporozhets, por conspiración en el asesinato del camarada Kirov.

La noticia de la detención de Zaporozhets llegó a oídos de Litonev en una taberna de Minsk, a través del locutor de Radio Moscú. Dos días después, en ese mismo lugar y por esa emisora, también escuchó:

> ...Lev Kámenev y Grigori Zinóviev, junto a otros dieciséis conspiradores del Centro Terrorista de Trotsky y Kámenev, han sido detenidos acusados de participar en el atentado que costara la vida a Kirov y confabularse para el asesinato de Stalin...

Aquella noticia le había indicado dos cuestiones. La primera era de operativa policial: en unos días, la NKVD tendría muchos quebraderos de los que preocuparse y él podría abandonar su escondrijo en la cuenca del Dniéper para atravesar la frontera. La segunda se refería a los nombres de dirigentes de la Internacional Comunista que había oído. Recordó entonces el miedo en las palabras de Nadia cuando comparó La Noche de los Cuchillos Largos de Hitler con las detenciones y ejecuciones de Stalin entre los bolcheviques. Con esos pensamientos, alzó el vaso con vodka y susurró:

—Camarada Stalin, ya veo que has dado el pistoletazo de salida a tu particular Noche de los Cuchillos Largos. —Y lo bebió de un trago.

Aún días después, sobre el puente Herrero en la capital de la Prusia Oriental, el sabor y el olor de aquel vodka permanecían amargos en su paladar. Evocó a Nadia, por lo que no prosiguió camino. Miró alrededor; estaba solo sobre el viaducto y no distinguía a nadie en los alrededores. Encendió otro pitillo y rememoró el momento en el que se despidió de su esposa y Yuriv en la estación del ferrocarril de Leningrado.

—Permaneced en Helsinki un mes —les había dicho—. Si en ese tiempo no tenéis noticias mías, es que ha ocurrido algo grave.

Nadia había sollozado entonces y, entre lágrimas, le preguntó:

—¿Y qué hacemos?

—Embarcar hacia Londres. Permanecéis allí tres meses y luego os instaláis en España. Dentro de un año, entre los meses de enero y febrero de 1936, acudid todas las tardes a la Estación Norte de Madrid. Uno de esos atardeceres, nos reencontraremos.

Al decir esto, Litonev les entregó los pasaportes falsificados. Los abrieron y comprobaron que, a partir de ese instante, sus nuevos nombres eran Antonio y María, matrimonio de inmigrantes españoles con un hijo de meses. También distinguieron una nota a lapicero con las señas del lugar de encuentro en Madrid.

—Quemadla en cuanto memoricéis la dirección —había recomendado el comandante.

—¿Y si no vuelves? —preguntó Nadia antes de despedirse.

—Sólo la muerte me lo impedirá —había asegurado él cuando el tren anunció su partida.

Ahora, Litonev arrojó con furia el pitillo a las aguas del Pregolya. El silencio alrededor seguía siendo tan profundo que podía oír los pasos de los muertos y hasta creyó ver el rostro de su amigo Borisov reflejado en las aguas. Entonces pensó en Dora Fischer y Mijalik. Los imaginó a salvo en la embajada norteamericana o rumbo a algún país donde no reclamasen al detective acusado de asesinato. Eso era lo único en lo que había acertado Zaporozhets.

Aquella noche en la que tenían identificados a los tres agentes de la NKVD que asesinaron a Borisov, tras el atentado fallido contra el comandante en el hotel, Litonev y el joven detective fueron en búsqueda de los homicidas. Los encontraron en una taberna celebrando la hazaña. Los esperaron hasta que salieron, los encañonaron y condujeron al delta del Neva. Allí —bajo los cañones de las armas— los agentes confesaron que la conspiración era obra del subcomisario, del que cumplían sus órdenes directas. Después, los tres fueron ejecutados por el asesinato de su amigo.

Litonev abandonó el puente y paseó por Königsberg, sin sospechar que pisaba futuro territorio soviético, al que bautizarían Kaliningrado en honor a Kalinin, uno de los que llevaron las cenizas de Kirov en el Kremlin. Pero aquello carecía de importancia en esos momentos, por lo que con la cabeza afeitada, gafas de montura gruesa y una incipiente perilla se camufló entre las gentes que recorrían la ribera del Pregolya. Revisó sus dos pasaportes falsificados, uno con el nombre de Peter, un ciudadano prusiano, y otro con el de Héctor, inmigrante español. Palpó la Tokarev y prosiguió camino. Eran los pasos de un hombre libre que había superado el miedo o, tal vez, se había convertido en adicto a él.

De pronto su marcha se fue volviendo más y más lenta hasta detenerse por completo. Un dilema había atenazado su garganta con dedos poderosos, más fríos que la nieve: dudó entre proseguir el itinerario pactado con Nadia o regresar a Moscú para matar a Yagoda y a Stalin en un atentado suicida. Salvar su pellejo u ofrecer otra oportunidad al pueblo soviético, ése fue el dilema.

Encendió un nuevo pitillo y dio un paso adelante.

Había decidido: él no era un redentor.

Un momento después, ligeros copos de nieve ocultaban sus huellas en el futuro Kaliningrado.

EPÍLOGO

LA INVESTIGACIÓN sobre el complot para matar a Sergéi Kirov no alcanzó más allá del subjefe Zaporozhets y sus lugartenientes. En 1956, Nikita Khruschev, en el Informe Secreto al XX Congreso del PCUS —que no se hizo público en la URSS hasta el 3 de marzo de 1989—, dijo: «Después del asesinato de Kirov, altos funcionarios de la NKVD de Leningrado fueron condenados sin severidad, pero en 1937 se les fusiló. Podemos presumir que se les fusiló con el objeto de cubrir los rastros de los organizadores del asesinato de Kirov».

Varios investigadores han afirmado, sin dudar, que Stalin lideró la conspiración contra Kirov, aunque su protagonismo no pudo demostrarse ni hasta el momento ni, seguramente, en el futuro. Lo que está muy claro es que fue el mayor beneficiario de su muerte y ésta le sirvió de excusa para «sanear» el Partido Comunista de la Unión Soviética, el Ejército Rojo y la Internacional Comunista de rivales políticos, los «enemigos del pueblo», persecuciones que culminaron en 1940 con el asesinato de León Trotsky en México.

En 1937 se creó la Comisión Dewey para investigar estas grandes purgas, seguidas usualmente por ejecuciones masivas. El informe final de la citada comisión concluyó: «Encontramos que los juicios de Moscú fueron un montaje».

Sólo resta contar qué fue de Igor Litonev y de su familia, pero —como es sabido— por las fechas de su exilio sólo faltaban dieciocho meses para el inicio de la Guerra Civil en España y cuatro años para el estallido de la II Guerra Mundial. Es decir, aún llegaría para ellos la noche más larga. Por eso, esa historia deberá ser contada otro día.

Esta primera edición
en REY LEAR de
ASESINATO EN EL KREMLIN
se acabó de imprimir
en el Otoño de 2011

Stalin y Kirov.

La versión electrónica de este libro está disponible en
librosinlibro.com
ISBN: 978-84-92403-89-9